ランウェイ・ビート

原田マハ

宝島社
文庫

宝島社

装丁　荒川晃久
イラスト　大槻香奈
DTP　伊草亜希子（マリオ・アイズ）

RUNWAYBEAT
ランウェイ☆ビート

RUNWAY BEAT
ランウェイ☆ビート
Contents

RunWay Beat
ランウェイ☆ビート

Contents

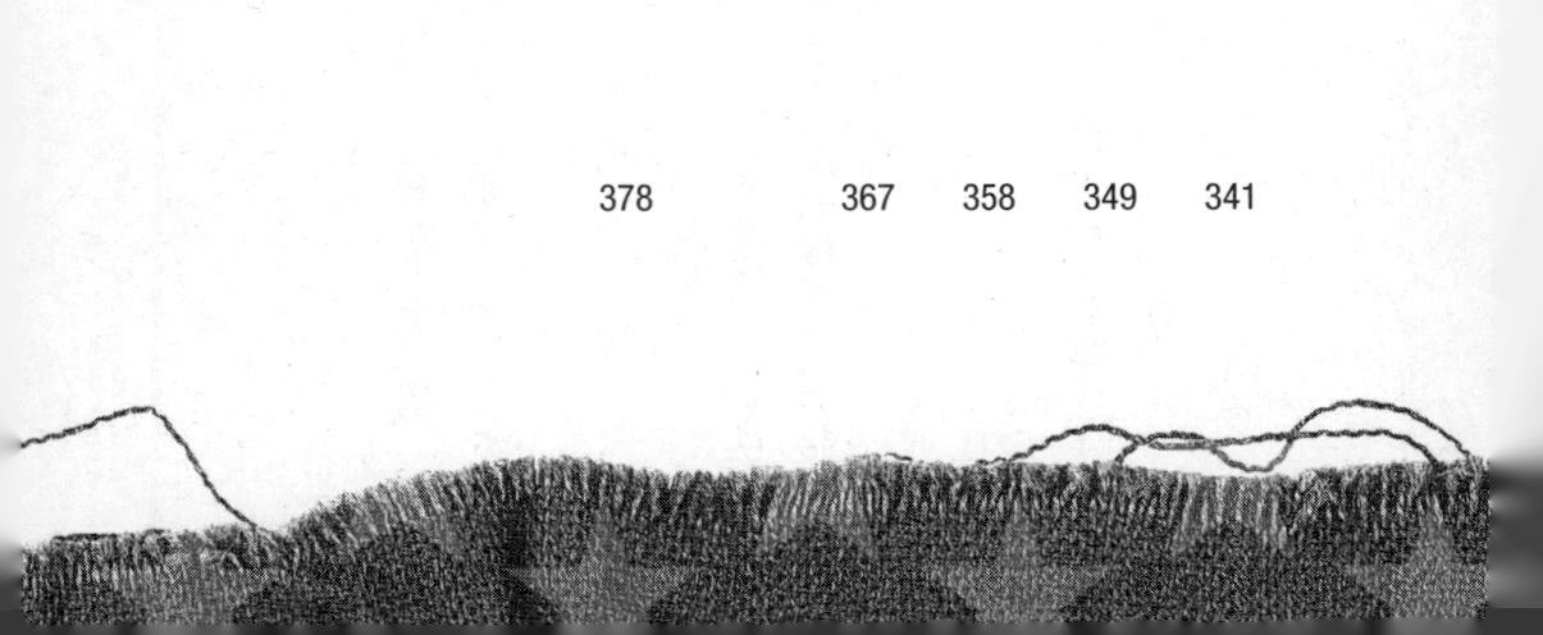

登場人物

♂ 溝呂木美糸（みぞろぎ・びいと　15歳　青々山学園高校1年）
身長150㎝、体重45キロ。ニックネームはビート。小さな体に大きなパワーを秘めた転校生。おしゃれが大好きで、裁縫が得意。高校生とは思えないデザイン力、カッコいい服を次々と生み出すモードの天才。

♀ 塚本芽衣（つかもと・めい　15歳　青々山学園高校1年）
ビートのクラスメイト。ひかえめで大人しい性格だけど、芯の強いキレイな心の持ち主。ある日突然やってきた、おしゃれで不思議な転校生・ビートに片思い中。そんなビートの影響で、「おしゃれ」も猛特訓中。

♀ 立花美姫（たちばな・みき　15歳　青々山学園高校1年）
ビートのクラスメイト。雑誌で大活躍中の超人気モデル。通称「ミキティ」。「男はみんな私にひれ伏すのよ！」と、いつも超女王様気取り。ところが、ある日突然恋におち、まるで別人のように……。

♂ **犬田悟**（いぬだ・さとる　15歳　青々山学園高校1年）
ビートのクラスメイト。超イケてない、いつもいじめられている男の子、通称「ワンダ」。特に女王様・美姫には目のカタキにされていて、ほぼ家来状態。でも美姫にあこがれるワンダは必死で命令にこたえる毎日。ところがある日、ビートの魔法で大変身……!?

♀ **秋川杏奈**（あきかわ・あんな　15歳　青々山学園高校1年）
メイの親友。クラスのカワイイ女子ランキング2位で、ちょいワル女子を気取っているけど本当は超前向きでピュアな性格。本音でハキハキ、メイのよき相談相手。

♂ **溝呂木善服**（みぞろぎ・ぜんぷく　70歳）
ビートのおじいちゃん。山梨県甲府市で小さな洋装店をやっている。店の経営は苦しいけれど、自分の納得いく服だけを作り続ける、ガンコ一徹の服職人。ビートの服作りをいつも見守っていてくれる、頼れる師匠。

♂ **溝呂木羅糸**（みぞろぎ・らいと　40歳　スタイルジャパン企画部長）
ビートの父。若いころに父・善服とケンカ別れし現在にいたる。アパレル大手のスタイルジャパンで夢の服作りに挑戦してきたが、経営が悪化し苦戦中。

プロローグ

うんめいのであい。

って言われてもピンとくるはずない。
だってあたしはまだ、うんめいを感じられるほど、たぶん大人じゃない。
でもうんめいの意味くらい、わかってる。
でもって、それは自分でコントロールできないんだって、知ってる。
うんめいのであい、となると、もう手に負えないってことも。
どんなに望んでも、ぜんぜんやってこないってことも。
だけど、期待してなくても、突然やってきてしまうってことも。

で、今日、あたしはとうとうやってしまった。
運命の出会いとやらを。
しかも、めちゃめちゃ気ィ抜いたカッコで、油断しまくってるときに。

中学生のとき、ママに言われるままに、イマドキおしゃれで全身ガチギメしたことがある。で、友だちと原宿歩いてたら、何度もおっさんに声かけられて大迷惑だった。

おしゃれして得したことなんて、いままで一回だってない。

去年、片思いの彼に告白成功、中三にしてようやく初デートキメたとき。無理してヒールのあるサンダルはいてったら、身長差10㎝になってしまった。もちろん、高いのはあたしのほうだった。それが理由かどうかわかんないけど、それっきりあたしたちは終わった。

だからいいんだ。テキトーにそのへんにあるTシャツ着て、いつものスニーカーつっかけてれば。

まあ、そんなふうに気を抜きまくってるときに限って、まじ？　って言うような出会いがあったりするんだけど。小学生のときちょびっと憧れてた男子に会っちゃったりとか。そいつが背が伸びてやけにまぶしくなってたりすると、もうサイテーなんだけど。

「芽衣《めい》ってば。なんでそんな気ィ抜いたカッコで来んのよ。あんた、そんなにママとのデートがどーでもいいわけ？」

日曜日、駅前のショッピングセンター。あたしはママのお買い物につきあわされて、かなり不機嫌だった。

まだ眠いのに叩き起こされて、ヨレたTシャツとデニスカ着て、いつものスニーカーはいて、しぶしぶついてきた。

カフェのテーブルでほおづえをついて、あたしは特大のため息をつく。

「デートったって、いつものショッピングセンターじゃん。なんで気合い入れる必要あんの？　しかもママが相手で」

「何言ってんのよ。あんたももう高校生になったんだからしっかりアンテナ張んなきゃでしょ。いつチャンス到来かわかんないし。おしゃれでイケメンの男子をなんとしてもみつけるのよ」

いま目の前にイケメンが押し寄せてきてるみたいに、ママはすっかり興奮してる。

「ママ的には、将来ITで起業してヒルズ族になりそうな子がいい。それか、野球かゴルフがすんごい得意な王子様。ねえ、芽衣の周りにそういう子、いないの？」

こんな調子で、ママはいつもかなわぬ自分の夢を高一の娘に押しつける。パパが聞いたら絶望するだろうなあ。

おしゃべりが大好きなママは、あたしがブルーになるのもかまわずに、自分の理想の男の子像を並べ立てている。

全部耳パスにして、ぼんやり店内をながめていたら、ふいにママのすぐ後ろの席に座ってる、後ろ姿の男の子が目に入った。キャップを斜めにかぶり、癖のある髪がぼそっとのぞいてる。

あれ？　なんだか、あの子……。

ミントの風

……ほかの男の子と違う。

あたしは、直感した。
どうしてそう思ったのか、ぜんぜんわからない。でも、あきらかに違ったのだ。キャップのかぶり方が、ビミョーに絶妙。ちょこんと頭にのっけて、くいっと斜めにしてる。そこからはみ出てる癖っ毛の、キメてるようなキメてないような、ごく自然ないい感じ。

どんな子なんだろう。
あたしは身を乗り出して、右に左に体を揺らして、彼のことをもっと見ようと試みた。

ママが不審そうな目つきになる。

「どうしたの？　イケメン発見？」

イケメン、のとこに力こぶが入ってる。あたしはあわてて首を引っこめた。ママはおかまいなしに、きょろきょろと店内を眺め回している。あの子が気づかないことをあたしは祈った。ママはあたしと同じように急に首をすっこめると、ひそひそ声で言った。

「ねえ、見た？　後ろに座ってる人」

どきっとした。さすがママ、同じ男の子にピンとくるとは。ちょっとコワいくらいだ。

「あの女の人。いまどき、あのフリルのワンピ。ダサくない？」

「あたしの後ろ」に座っているおばさんのことだった。そっちか……。

あたしたちがひそひそ話しているのに気づいたのか、ふと男の子がこちらを振り向きかけた。

思わず息を止めた。

横顔が見える。大きな黒ぶちメガネ。

不思議な名前を呼ぶ男の人の声がした。男の子はカフェの入り口に顔を向けた。

「お待たせ。駐車場に車とめてきた。じゃ、行こうか」

あたしも一緒に顔を向けた。入り口近くに白いユニフォーム姿の男の人が立っている。ドアの向こうにオレンジ色の車椅子がとまってるのがちらりと見えた。そこに座っているのは、よくわかんないけど、たぶん中学生くらいの女の子だった。

男の子はうなずくと、立ち上がった。

その瞬間、ふわっとミントの風が吹いた。

ママが、あれっ、という表情になる。あたしの目は遠ざかる彼の後ろ姿をみつめた。

なんて、ちっちゃい男の子だろう。

１５０㎝くらいしかない身長に、ゆるっと着たTシャツ。腰に引っかけたジーンズの色は、黄色がかったインディゴ。はき古した、でもカッコよくつぶれたバッシュ。

どうしてだか、ぜんぜんわからない。けれどあたしは、立ち上がって追いかけてしまいそうだった。

「ビート君」

月曜日は誰だってブルーになる。あたしはその日、特別にブルーだった。もやもやしてた。

きのう見かけた男の子。

ビート君？

不思議な名前。ニックネームなのかな。

もしくは、ガイジン？（んなわきゃないか）

ちょっとだけ見た横顔が忘れられない。

かなりのチビだったけど。

中学生？（は、ありえる）

メガネ男子、っていうのもいい感じだったし、それに……。

「なんせ、オーラが違うんだから」

ついひとりごとをつぶやいて、友だちのアンナにヘンな顔をされてしまった。

「どうしたの、メイ。なんか今日、ヘン」

わかってるよ。あたしはため息をついた。

「今日、転校生が来るらしいよ。男子だって。イケてる子だといいなあ」

アンナがワクワクと言う。もう一個、ため息。

これがマンガなら、その転校生はあの男の子なんだよね。でもって、運命の再会を果たしちゃうんだよね。んなわけ、ないんだけど。

始業のチャイムが鳴る。全員着席すると、ガラッと戸が開いて、担任のヤマサキが入ってきた。みんな、息を殺した。ヤマサキのあとから、誰も入ってこなかった。

ヤマサキは明るい声で言った。

「おはよう。今日はみんなに転入生を紹介する予定だった。が、やめとく」

隣の席のアンナとあたしは、顔を見合わせた。

「予定の時間に来なかったからだ。つまり、遅刻だ」

教室のあちこちで、くすくす笑う声が起こった。

登校初日に遅刻するって、なんか大物っぽい。ちょっとだけ興味がわいた。

「そいつ、なんて名前なんですか」

学級委員のホソダが、ちょっといじわるく質問した。ヤマサキは苦笑している。

「本人がいなくちゃ紹介しても意味ないけどなあ。名前は、ミゾロギ……」

ガラッ。

その瞬間、ものすごい勢いで戸が開いたかと思うと、はじけるように男の子が飛びこんできた。

「ビートですっ。よろしくっ！」


あっ。


あたしは息をのんだ。

あの子だ。

紺のブレザーにネクタイ、グレーのチェックのパンツは、うちの高校の制服だ。

でも、なにかが違う。やっぱり、すごく違うんだ。

教室は静まり返った。ヤマサキはひとつ、せきばらいをして言った。

「登校初日に遅刻は困るぞ」

「すみません。なんか、パンツのレングスがいまいちフィットしなかったんで」

ミゾロギ・ビートは徒競走の準備運動みたいに、軽くジャンプしてみせた。彼の言葉の意味がわからなかったのか、ヤマサキはちょっと首をかしげた。

ビートは勢いよく教壇に上がると、チョークを手にして黒板に特大の名前を書いた。

溝呂木美糸《みぞろぎびいと》。

「いなかで仕立て屋をやってる、おれのじいちゃんがつけてくれた名前です。超気に入ってます。ビート、って呼んでください。以上！」

不思議な名前は、本名だったんだ。

熱い視線

ミゾロギ・ビートの登場は、学園モノのドラマのオープニングみたいだった。

なにがすごいって、あたしが望んだとおりの展開。

きのう会って心奪われた見ず知らずの男の子が、今日、自分のクラスに転校してくるなんて。でもって、めちゃくちゃあざやかな登場で。

あたしは自分のラッキーぶりを喜ぶのと同時に、クラスの三分の二以上の女子がビートに関心をもったと確信して、またもや落ちこんだ。

「ねーねー、なんかビート君って、ちっちゃいけどカッコよくね？」

アンナもほっぺたを桃色にして、そんなふうに耳打ちしてくる。うちのクラスはカワイイ子がまじで多いけど、アンナはクラス内カワイイランキング二位くらいに入ってる。そのアンナの目から、ハート光線が出てるように見える。錯覚じゃない。

クラスじゅうの女子が、いちばん前の真ん中の席に座ったビートに熱い視線を投げている。

それにしても、ちっちゃい。両脇の男子がクラス内でもっともゴツいアベとイガワだからかもしれないけど、そのあいだにはさまれて、ビートはまるで子犬みたいに見える。あたしはクラスの女子の誰より熱い視線を、彼の背中にビームした。

と、消しゴムの破片が勢いよくビートの頭めがけて飛んできた。ゴウダとアラカワだ。こいつらは、ちっこいもの、弱っちいものが大好きだ。なぜって、いびって、もてあそんで、苦しめて遊べるから。こいつらのせいで、いったいいままで何人のクラスメイトが泣かされただろう。サイテーのやつらだ。

くすくす笑いながら、次々に消しゴムを投げる。ビートは振り向かない。代わりにあたしが振り向いて、思いきりにらんでやった。ぜんぜん、ききめなかったけど。

結局、一時間目の授業中、ビートの背中は女子の熱視線と消しゴムの集中砲火を浴びたにもかかわらず、一度も振り向かなかった。

授業終了のチャイムが鳴り響いた。全員立ち上がって、礼。と、顔を上げるなりビートはくるりと向きを変えて、つかつかとゴウダのところへ歩み寄った。

イスにふんぞり返っていたゴウダは、ビートが近づくと急に立ち上がった。ゴウダは１７０cm以上ある。ゴリラとキツネくらいの体格差だ。

「ちっちぇーなあ、おい」

せせら笑うゴウダに、ビートは握りしめた右手を突き出した。

「手、出せよ」

ゴウダは不審そうな顔になった。

「いいから出せよ。いいもん、やるから」

ゴウダはめずらしくちょっとうろたえていたが、「なんだよ」と右手を差しだした。ビートはにっこり笑って、その手の上に真新しい消しゴムをのせた。

「20個くらいくれたよな。そのお礼」

きょとんとしたゴウダの顔を、初めて見た。周りを囲んでいたみんなから笑い声が上がる。

その瞬間、この不思議なオーラを放つ転校生は、あたしの特別な男の子になった。

直感力

「ほらっ、メイ。なにもじもじしてんの。行くべ、早くっ」

放課後、アンナにせっつかれて、教室を出たビートを追いかける。昼休みも授業休みのときも、ビートはさっそくクラスのみんなに囲まれて、ぜんぜん話しかけるチャンスがなかった。ほかの女子に囲まれてしまうまえにつかまえようと、十秒くらいで追いついた。

「どもっ。アンナっす。こっちは……」

「メ、メイです。よろしく」

やっと自己紹介できた。ビートはにこっと笑った。体に似合わずおっきい笑顔だ。

「メイちゃん？」

呼びかけられて、「はいっ！」と思わず返事した。これじゃ、先生と生徒だ。

「やわらかそうな髪の毛だから、きっちりまとめないで、少し後れ毛を散らしたほうが色っぽいかも。光モノのヘアアクセを二、三個つけるといいな」

　あたしは目点になってビートをみつめた。

「次。アンナちゃん。ミニスカすぎ。もう3cm長くして、ハイソックスとのバランスをみるといいかも。階段上るとき、鞄で後ろ押さえてるっしょ？　防衛策としてはしょうがないけど、あれ、カッコ悪いし」

　あたしたちふたりは、ぽかんとするほかなかった。

　おっさんだったらセクハラぎりぎりの発言。でもビートの場合かなり的確。

　ビートは「じゃ、また明日ね！」と、斜めがけのスクバを腰で揺らしながら走っていってしまった。


　次の日。

「おはよ……ん？　メイ、なんか今日違くない？　なんつーか……色っぺー？」

　校門の前で会ったアンナにいきなり言われる。少しルーズに髪を束ね、ママのヘアアクセをちょっと拝借してつけてみた。ただそれだけで、鏡の中には、ぜんぜん違うあたしがいた。ちょっと大人びて、いい感じ。新鮮な驚きだった。

「そういうアンナこそ、スカートちょい長になってるじゃん。お嬢系？」

ウエストでまくりあげるのをやめてみたんだと。それだけで、ちょっと清楚な感じがする。

「ねえ、うち思ったんだけど。ビートって、なんか、めちゃくちゃセンスよくね？」

そんなこと、もうとっくに気づいてた。ショッピングセンターで見かけたときの着こなし、制服なのにカッコよく見せちゃうテク。なにより、背がちっちゃいことをマイナスに感じさせない、堂々とした感じ。思ったとおり、ほかの男の子とぜんぜん違う。

すごい。あたしはすなおに感動した。

すごいよ、あたしの直感力！（↑そっちか……）

教室に入ったとたん、いつもと雰囲気が違うのがわかる。殺気立った花畑みたいな。

そう、こんな雰囲気のとき、その真ん中には必ず女王様が座っている。

立花美姫《たちばなみき》。子供のころからずっとモデルをやってる、やばカワな女の子。最近はミキがのってるってだけで、雑誌の売り上げ部数が伸びるんだと。

「あんたは女王様になるために生まれてきた」とギョーカイでも一般社会でも有名なステージママに売られ続けて今日にいたる。

ミキがフクザツな家庭に育ったってことは、クラスじゅうのみんなが知ってる。

ミキには父親がいない。ミキママはオトコにだまされて（そいつはパチプロだったとか演歌歌手だったとか勝手に推測されている）、ひとりぼっちでミキを産んで育てた。だからミキ母娘《おやこ》はオトコを目の敵《かたき》にしてる。そのくせ、ビジネスのためだったら、母娘どっちもオトコに取り入るのは平気なんだとか。

まあ、うわさってのは尾ひれ背びれがついてくもんだ。そのうち手も足も出てカエルになる（新説）。だからあたしは、みんなほどミキの個人的な問題につっこんでうわさしたりしないけど。

ミキはモデル業が忙しくて、めったに登校しない。なのに、学校は黙認してる。少子化のせいで生徒数が激減してるうちの高校は、人気モデルがいるってことで知名度を上げたいんだ。学校までがミキに頭が上がらない。

みんなに囲まれて、今日も朝からちやほやされてる女王様。あたしたちが教室に入っていくと、「ちょっと、ツカモト」とあたしを呼び止めた。

「髪の毛ボッサボサ。ブラシとか持ってないの？」

くすくす笑いが起こる。ミキはふん、と鼻で笑って、今度はアンナに声をかける。

「なにそのスカート。長っ。てか、オバさん？」

アンナは真っ赤になって下を向いてしまった。あたしはなにか言い返そうとしたが、言葉がつまって出てこない。ミキはいじわるそうな笑みを浮かべている。くやしいけど、そんなふうに笑ってすら、この子はきれいなんだ。

「あの……これ、一週間分の授業のデータ……」

ミキの背後で、おっかなびっくりの声がして、USBメモリを手にした犬田悟《いぬださとる》がおずおずと歩み出た。

イヌダ、通称ワンダはクラスいち、てか学年いちクラい男子だ。ひょろっとモヤシな体型にダブダブの制服が情けない。ひと目見ただけでなにかめぐんでやりたくなってしまうのはあたしだけだろうか。

そんな情けないモヤシを、クラスのイジメ軍団は格好のターゲットにしている。ゴウダはワンダをまさしく犬扱いで、パシリからこづかいまで、全部ワンダに面倒みさせている。いや、最近の犬ならもっとかわいがられるはずだが、ワンダはぶん殴られてひれ伏すだけの、かわいそうな負け犬にさせられていた。もちろん、クラスの誰もゴウダがワンダを飼い慣らすことに文句が言えない。みんな、自分が犬になるのがコワいのだ。

そんなワンダにもひとつだけ得意なものがあった。

パソコンだ。やつは、どんなに新しいソフトでも瞬時のうちに使いこなすらしい。ミキはワンダを毛嫌いしていたが、自分が休んでいるあいだのノートの管理をちゃっかりやらせていた。ただし、間接的に。

ミキはすぐ隣にいた忠実なしもべ・アラカワに「あたしはあんたと直接口きかな

いから、アラカワに渡して」と言う。アラカワは同じセリフをワンダに向かって復唱した。ワンダは額にじっとりと汗をかいて、ふるえる手でUSBをアラカワに渡す。

「気持ちワリィんだよ。あっちいけ！」

アラカワはワンダを思いきり足で突き飛ばした。

ガタガタッ。ワンダはよろめいて、頭から後ろにひっくり返ってしまった。

そのとき、戸が開いて入ってきたのはビートだった。

告白?


ビートとミキの視線が交差した。

一瞬、教室の空気が張りつめる。ふたりは黙ってみつめ合っていたが、先に口を開いたのは、ビートのほうだった。

「あれ。タチバナミキだ」

ミキは、ふん、と鼻をならして、生意気な、けどうっとりするようなキメの微笑を浮かべる。

「そうだけどなにか? ってか、あんた誰?」

「へえ。この学校だったんだ。おれ、すんげーラッキーかも」

ビートはうれしそうにミキに近づく。あたしの胸はちくんとした。

やっぱりビートも男の子なんだ。人気モデルと一緒のクラスとなれば、そりゃあ喜ばないわきゃないいんだけど。

ビートはミキと向かい合った。モデルをしてるくらいだから、ミキはすらっと手足が長い。ビートはちょこんとミキを見上げている。

あんまりちっこいからだろうか、ミキはぷっとふき出した。ビートはかまわずに、うきうきと語りかけた。

「まえから雑誌で見てて思ってたんだけどさ。ひとこと、言わせてくれる？」

あたしは一気に緊張した。

まさか、いきなりコクっちゃうの⁉

「胸のボタンみっつは開けすぎ。エロかわ目指してんのかもしれないけど、しょせん十五歳。コドモじゃん」

……な……っ⁉⁉

ミキはぱくんと口を開けた。文字どおり、アゴがはずれたって感じで。連結したみたいに、アラカワもアンナも、ぱくんとなる。もちろん、あたしもなった。

ビートはまったく気にもとめずに、ひっくり返ったままで固まっているワンダのほうを向くと、「ほら。授業始まるぜ」と手を差し出した。ワンダがなおも動かないので、ビートは、よっこらしょ、とワンダを引っ張り上げた。

始業のチャイムが鳴って、担任のヤマサキが入ってきたので、みんなあわてて席についた。ビートはなにもなかったように、いちばん前の席にちょこんと座った。そのふたつ後ろの席に、もじもじとワンダが座る。そのまたふたつ後ろの席のミキが、一回座ったかと思うと、すぐに立ち上がった。

「気持ち悪い。帰る」

ヤマサキはびっくりして、大げさな声を出した。

「大丈夫か、立花!?　すぐ保健室へ……」

「やだ。もう帰る」

ミキはそのまま、教室を飛び出した。

「ミキティ!　バッグ忘れてますっっ!!」

アラカワがミキのバッグを持って大あわてで追いかけていく。その間、ビートは涼しい顔で教科書を広げていた。

ゆかた選び

日曜日。ママとあたしは、またもや駅前のショッピングセンターに出かけていた。ただし、今度はあたしが誘って。

「やっと芽衣もおしゃれに目覚めたのね～。ああっ、待ってたのよこの時を！　さっ、ふたりでパパのお給料をがんがんお洋服に消費しよっ」

パパが聞いたら卒倒しそうなことを言う。

でもまあ、いっか。これからおしゃれ修業して、ビートに認めてもらえる女の子になりたいんだし。

ママが勇み足で入っていったのは「和のブティック・かせや」。ちょっと待った、それはマダムすぎ……。

「夏の終わりの花火大会が来週あったよね。ゆかた買ったげる。ママも新調しよっかなー」

ママを止めようとして店に入っていったあたしの目に飛びこんできたのは、見覚えのあるちっこい、だけど超キマってる後ろ姿。

「この紺地に朝顔の柄のゆかたのほうが、きららには似合うと思います。下駄の鼻緒は黄色いのがいいな」

ビートだ。カウンターでお店のご主人らしき人と話しこんでいる。

あたしはあわててゆかたのマネキンの後ろに隠れてしまった。こんなとこでママと一緒にいるのを見られたくない。ってか、なんでビートがゆかた選んでるわけ？

店内をきょろきょろしていたママは、つかつかとカウンターに歩み寄ると、

「あ！　あたし、この柄がいいっ。紺地に朝顔！」

ビートの前に広げられてたゆかたをがしっとつかんだ。

ビートが「いや、このゆかたは……」と言いかけて、マネキンの後ろに隠れていたあたしをみつけた。たちまち例のおっきい笑顔になる。

「あれっ、メイちゃん？」

「は……ど、どうも。うちのママが、ごめんなさい」

あたしはぺこりと頭を下げた。恥ずかしくって顔から火が出そうだ。ビートは笑顔で、ママに向かってていねいに頭を下げた。

「はじめまして。メイちゃんと同じクラスのビートです」

ママは、あら、という表情になった。

中学生かと思った。顔にそう書いてある。

「そうだったの。メイがいつもお世話になります。あなたもゆかたを買いにきたの？」

そういえば、ビートがいま見てたのは女物のゆかたじゃないか。あたしは急にドキドキしてきた。

まさか、カノジョのために？

さっき、たしか「きららに似合う」とか言ってたような……。

「おれ、最近山梨から引っ越してきたんですけど。そっちで来週、花火大会があるらしくって」

「かせや」のご主人らしきおじさんが、ニコニコと言った。

「私の姪が、ビート君のもとクラスメイトなんですよ。長いこと入院してるんですが、ゆかたを着せて病院の窓から花火を見せてやったらどうかって、ビート君の提案でね」

頭の中を、ビートと出会った日の場面がよぎった。

介護服のような、白いユニフォームを着た男の人。

カフェのドアの向こうの、オレンジ色の車椅子の女の子。

「まあ、そうだったんですか。それはいいアイデアね」

ママはじーんとなって、急いであたしに耳打ちした。

(いいじゃない、この子。合格!)

なんだよ合格って……。

ママはすっかりゆかた選びにハマって、「かせや」のご主人とのゆかたトークに熱中し始めた。あたしはずっともじもじしていたが、十一分を過ぎたころ、ビートが突然、「ね。ふたりで抜けよっか」とささやいた。

あたしはハートが飛び出しそうになるのをどうにかおさえた。

い、いきなりツーショット!?

しかもロマンス度ゼロのごくフツーのショッピングセンターなんだが……。

ま、この際文句は言うまい。

「ママ、あのね……ビート君と、すぐ戻ってくるから」

ぼそぼそと告げると、ママは自分のデートみたいにはしゃいだ。

「あっら～、もちろんよ! よろしくねビート君。この子、なんていうか超ウブいんですけど」
頼むからよけいなこと言わないでママ……。

屋上

ビートとあたしは、ショッピングセンターの屋上に出た。そこにはイングリッシュガーデンがあって、ハーブの合間に色とりどりの秋の初めの花が咲き乱れている。白いロココ調のベンチにあたしたちは並んで座った。

ロマンス度ゼロじゃなかった。妙にロマンチックすぎなセッティングじゃないか。これじゃ心臓がバクバクだよ。

「メイちゃんのお母さんって、すげーおしゃれ好きなんだね」

あたしは首をぶんぶん横にふる。

「いや、ぜんぜん。ミーハーなだけで。いっつもなにかとあたしにお仕着せしようとするし」

うんざりして言うと、ビートはにっこり笑った。

「けど、ゆかたを選んでるときいい笑顔だったじゃん？　女のひとは、なんつったって笑顔がいちばんのおしゃれだし」

うっ。言えてる。

ビートって、一言ひとことがすごい刺さる。さりげない彼の言葉は、そのままあたしの人生を変えちゃうんじゃないかってくらい、キラキラした力に満ちていた。むずむずするような引力をもった、この男の子のことをもっと知りたい。

あたしは思いきって聞いてみた。

「あのさ。……その、そのメガネってブランド物？　グッチとか？」

聞きたいこととぜんぜん違う質問が出てしまった。

ビートは、ははっ、とおもしろそうに笑った。

「だったらいいんだけど。実は、じいちゃんのおさがりなんだ」

それからビートは、おじいちゃんの話をしてくれた。

昔、銀座のテーラー（洋服の仕立て屋）で修業をしたおじいちゃんは、評判の腕前で、なんと昔の総理大臣のスーツも作ったことがあるんだって。で、ソーリに「行くな」と言われたのを振りきって、故郷の山梨へ帰ってテーラーを開いた。きっとそのころ、ソーリの言うことを聞かなかったのは日本じゅうでおじいちゃんぐらいだったんじゃないか。

で、ひとり息子だったビート父に跡継ぎさせようとしたんだけど、ビート父は古くさいおじいちゃんの考え方が嫌いで、家を飛び出してしまった。

親子のカクシツってやつはいまだに続いてて、お父さんはおじいちゃんと会おうとしない。

「でも親父は、心の中でずっとじいちゃんの後ろを走ってきたんじゃないかな。いまはアパレルの会社の企画部長してるし、ほんとはすっげえモードが好きなんだよ。だから、きっといつかふたりは話し合えるようになる、っておれは信じてる。心からモードが好きなら、そこには越えられない壁なんてないんだ」

モード、という言葉をあたしは知らなかった。でもそれは、強烈におしゃれな、バツグンにファッショナブルなことを指すんだとわかった。

「モード」と言うときのビートの目は、星が宿ったようにきらめいていた。

この子は、ただのおしゃれマニアじゃない。「モード」を心底、大好きなんだ。

「ビート君のお母さんって、やっぱりすごいおしゃれなの？」

なにげなくあたしは聞いてみた。ビートはやっぱりにこっと笑いかけてから、明るく返した。

「おれが生まれてすぐに天国にいった」

夜がくるまえに太陽が沈んだ。それくらい自然な感じだった。

あたしの胸のずっと奥のほうで、きゅんと音がした。

「最初のうちは親父、悪戦苦闘したらしい。ひとりでもなんとかおれを育てるって。でも、おれが三歳になるころ、ばあちゃんが迎えにきて……おれはじいちゃんとばあちゃんに育てられたんだ。じいちゃんのテーラーがおれの遊び場。世界じゅうでいちばん好きな場所だったんだ」

お父さんの仕事が超忙しくなって、今度はビートがお父さんの面倒をみるために東京に帰ってきた。お父さんは「平気平気」と言ってたらしいが、おじいちゃんが「東京に行け」とビートに命じた。ちっとも会おうとしないくせに、ほんとは息子のことが心配なんだ、とビートは感じた。だから帰ってきた。

「ふたり分の朝飯作るだろ。親父の弁当作るだろ。親父の夜食も作るだろ。超手がかかるって。おれ、いい奥さんになれそう」

そう言って笑う。あたしも思わずにっこりした。

まじですごいよビート。あたしの嫁になってほしい……。

不登校

月曜日。朝からあたしは落ちつかなかった。

きのう、ビートの家族の話を聞いちゃって、ふたりが特別な仲になったような気がして、まともにビートの顔が見られない。

ビートはまったくいつもどおり、クラスメイトに囲まれてる。まともに目を合わせられないくせに、友だちの輪に埋もれてビートの顔が見えなくなると、急にイライラしてしまう。

「犬田。……休みか？」

出席をとるヤマサキが、顔を上げて教室を見渡した。アラカワに突き飛ばされた次の日から、ワンダは登校しなくなった。いままでも何度も不登校になってたから、驚くようなことじゃないけど。

一時間目から、女王様・タチバナミキが現れた。つんと横を向いて、クラスの誰ても顔を合わせようとしない。

休み時間に、ビートは立ち上がってミキのほうへつかつかと歩いていった。が、急に方向転換して、あたしの席にやってきて、机の隅っこに腰かけた。

あたしはドキドキだったが、ごくフツウに、にっこり笑いかけた。

「きのうは、ども。ママが、楽しかったって」

結局ゆかたは買わなかったんだけど。

ビートも笑顔になったが、ぼそぼそと話しかけてきた。

「ワンダ、ずっと来てないよね。ターゲットにされてんだろ」

ちょっと戸惑ったが、あたしは小さくうなずいた。

「ゴウダとアラカワが中心になって。でも、ウラであいつらを動かしてるのは……」

「しっ」と、ビートはひとさし指を口もとに当てた。

「わかってるって。メイちゃん、今日の放課後、時間ある?」

どきっ。体じゅうの血が頭に上ってしまった。

「あ、あ、あるけど?」

「じゃ、つきあってくんない?」

あわっ。いきなりチャンス到来!?

ってことで、ネットで調べた地図を手に、あたしがビートに連れられてきたのは、ワンダの家だった。

初デートが、引きこもり生徒の家庭訪問とは……かなりトホホな気分だったが、ビートにはワンダを救ういいアイデアがあるらしい。ってか、なんでビートがワンダを救う気になったのか、そっちのほうが知りたいけど。

訪ねてきたあたしたちに、ワンダのお母さんは、何度も何度も頭を下げた。

「ほんとに、どうして学校へ行かないのか……私にもわからなくって」

ワンダママはおろおろするばかりだ。

ビートはワンダの部屋を元気よくノックした。

急展開

「ワンダ。おれ、ビート。ちょっと入れてくんない？　五分でいいからさ」

返事がない。何度呼びかけてもドアは開かない。それでもビートは辛抱強く声をかけ続ける。ワンダママはため息をついた。

「だめなんですよ。一度こうなっちゃうと」

ワンダのやつ、せっかくビートが来てくれてるのに、なんかカンチガイしてない？

ワンダママも、あきらめちゃってるし。

あたしはちょっとカツンときて、「ちょっとワンダ……」とドアの向こうのヤツにつっかかろうとした。

と、ビートが手振りで『待って』と止める。スクバからノートを取り出し、なにか走り書きすると、そのページを破ってドアの下のすきまからすべりこませた。

十五秒後。カチッと音をたててドアが開いた。

背後霊みたいな顔をして、ワンダが立っている。ビートはいつも遊びにきている友だちの部屋を訪れたように、「よお」と声をかけながら、足どり軽く入っていく。

「あらっ……たいへん！　お茶とケーキ、すぐ持ってくるからね」

急展開に驚いて、ワンダママはあわてて廊下を走っていった。ワンダはあたしをジロリとにらんだ。『なんでお前ここにいんだよ』って感じで。あたしはわざと涼しい顔でビートのあとに続こうとしたけど、一歩踏み入れたとたん、ビビってしまった。

「な、なにこれ？」

ワンダの部屋はパソコンだらけ、ってかパソのすきまに部屋を作ってるみたいだった。アキバのパソコンショップをそのまま移動した、って言われても信じちゃいそうだ。

ビートは「うわっ、すんげー」と頭をぐるぐる回して見てる。あたしは立ってるだけで目が回った。

ワンダの足もとに、さっきのノートの切れはしが落ちていた。

『三次元CAD《キャド》使える？』

そう書いてある。なんのことだろう。

「うわ、初代マッキントッシュまである。ワンダ、お前なにもの⁉」

ビートはまじに感激してる。ワンダの顔にてれくさそうな笑みが浮かんだ。

「てか、お前もマニアだろ。なんで初代MACがわかるんだよ。三次元CADとか知ってるし」

ビートは頭をかいた。

「いや、ぜんぜん。おれ、パソコンとか超ダメなんだけど、デザインがカッコいいものはなんでも大好きなんだ。服でも、イスでも、ハブラシでも、メカでも。三次元CADも使ってみたくて挑戦中なんだけど、おれそっち方面センスないっぽくてさ。ワンダ、教えてくんないかな」

三次元CADっていうのは、どうやらパソコンで使うソフトのことらしい。ワンダの目が、突然輝いた。だけどワンダは、わざとそっぽを向いた。

「いや、別にいいけど。そのかわりになんかしてくれんの?」

あたしはまたカツンときた。で、今度は本格的につっかかってやった。

「ちょっと。いい気になんないでよ。ビート君は不登校のあんたを心配してわざわざ……」

ストップ。ビートの手振りが、またあたしを止めた。

「もちろん。お礼はなし、なんて言わないよ。教えてもらうかわりに……」

黒ぶちメガネの奥の目が、キラリと光る。

「お前をクラスいちカッコいい男子にする」

ポテンシャル

それを聞いたとたん、ワンダとあたしはほぼ同時にふき出した。

「ビート君、まじに？　そんなこと、Mr.マリックでもできないし！」

よく考えてみると本人前にしてあたしはけっこう失礼なやつだった（そしてたとえは古すぎだった）。

ビートは平然としている。

「できるよ。絶対に」

「えー!?　じゃあさじゃあさ、それって、あたしもクラスいちかあいい女の子になれるってこと？　ミキティさしおいて？」

ビートはちらりとあたしを見た。あたしは急にちぢこまった。

「そう。誰だってカッコよく、カワイくなれる。誰にでも『ポテンシャル』があるんだから」

ぽてんしゃる?

「なんだそれ。新しいソフト?」

ワンダの言う『ソフト』とは、コンピュータのソフトのことだ。ソフトクリームとかソフトボールじゃない(念のため)。ビートは笑ってこたえた。

「違うって。じいちゃんから教えてもらった言葉なんだ。おれがなによりいちばん好きな言葉。そして、信じてる言葉」

そうしてビートは、新発売のポテトチップスの商品名のようなその言葉について話し始めた。

ポテンシャル。

聞きなれないけど、どこかくすぐったいような魅力的な横文字。

ビートはその言葉を、山梨で仕立て屋をやっているおじいちゃんから聞いたという。

銀座のテーラーで修業してたおじいちゃんのお客さんに、とてもわがままで趣味のうるさいイギリス人紳士がいたんだって。いつも英語でまくしたて、何度仮縫いをしてもぜんぜん気に入ってくれない。先輩たちはいやがって、その人が来るとおじいちゃんに押しつけた。おじいちゃんはやっきになって、カタコト英語でなんとかがんばった。でもやっぱり気に入ってくれない。

「で、とうとうじいちゃん頭にきちゃって、『どうしてあなたはなにをやってもNOと言うんですか。どうすればYESと言ってくれるんですか』ってカタコト英語で聞いたんだって。そんなこと言ったらクビになる、でもどうしても教えてほしい、って覚悟してたんだと。そしたら……」

あなたは、この布のポテンシャルを引き出していない。

その紳士はきれいな日本語でそう答えた。

そして、この布で作られたスーツを着る、私のポテンシャルも。

「じいちゃんはなんのことかさっぱりわかんなくって、いろんな人に聞きまくって、英和辞典も調べて、ようやくその意味をみつけたんだ」

潜在能力。

それが、『ポテンシャル』という言葉の意味だった。

「センザイ・ノウリョク……」
ワンダがつぶやいた。ビートが大きくうなずく。
「可能性、っていうのとはちょっと違う。誰にももともと備わっている能力、って
いうか。それは人間だけじゃなくって、たとえば動物とか植物とか、布とかスーツ
とか、『命あるもの』『ほんもの』には必ず潜んでる、そういうパワーのことなんだ。
じいちゃんはおれに、そう教えてくれた」
たとえば布なら、風合いとか色とか感触とか、強調すればもっといいものになる。
それがなにかを見極めていない。紳士はおじいちゃんに、そう言いたかったのだ。
「で、おじいさんは……どうなったんだ？」
ワンダが身を乗り出して聞いた。ビートはその事件がついさっき解決したみたい
に、Vサインを突き出した。

「そりゃもう、大ブレイクで。その紳士はそれからじいちゃんが辞めるまで、じいちゃん以外にスーツを作らせなかったらしいよ」

「じゃあ、おじいちゃんはその人のポテンシャルも見抜いちゃったんだ」

あたしが聞くと、ビートはまたもや大きくうなずいた。あたしはため息をついた。

「なんかムズカシそう……自分にそんなパワーがあるなんて、ぜんぜん思えないし」

そしてワンダにそんなパワーが潜んでるとはもっと思えないし。

ところがビートは自信たっぷりだ。

「カンタンだよ。ワンダもメイちゃんも、自分にはポテンシャルがある！　って、まず信じてみなよ。そうしたら、おれはちょっとだけそれを引き出すためにアシストする。ポテンシャルが目に見えるようにね」

話を聞くうちに、ワンダもあたしも、すっかりビートの魔法にかかってしまった。

Mr.マリックも顔負けのマジックに（古！）。

次の日。

「メイ。トイレなら早く行ってきなよ。もう先生来ちゃうよ」

あたしがよっぽどそわそわして見えたんだろう。アンナがそんなことを言う。

「ねえ、今日ってまだミキティ来てないよね」

あたしの質問に、アンナが首をかしげる。

「え？ってか、ビート君も来てないけど。そっちじゃないの、待ってんのは？」

始業のチャイム五分まえに、ガラッと戸が開いて、大あくびをしながらミキが入ってきた。

まったく、顔じゅうの大口開けてもカワイイ子って、あたしの知り合いの中にはこの子しかいない。

アラカワがすっ飛んでいって、

「ミキティ。やっぱ今日もワンダ、来てません」

と、うれしそうに報告する。あたしはどきっとした。

「あいつ、あとちょっとで本格的にオチるんで。気合いでイジっときますんで」

「あっそう」

ミキはつんとしてこたえる。あたしは、この超カワイイくせに超ムカつく女をぶん殴ってやろうかと思ったけど、もちろんそんな勇気はない。かわりに、ソッコーでビートにメールした。

『ミキティ登場。あと一分で始業チャイムだよ』

始業のチャイムが鳴る。ほとんど同時に戸が開いて、ヤマサキが入ってきた。ミキとその一派以外、全員起立、礼、着席。ヤマサキの目が教室を泳ぐ。今日もワンダが来ていないことに気づいたようだ。そして、いちばん前の真ん中の席が空いていることにも。

ヤマサキが出席簿の最初の名前を呼ぼうとした瞬間。

ガラッ。

キタッッッ！

「どもっ、先生。おれら出欠ぎりぎりオッケー、ですか？」

体育祭の入場行進みたいに胸を張って、ビートが入ってきた。ヤマサキがあきれた顔で言う。

「そりゃ『ギリギリセーフ』って言うんだぞ溝呂木。……ん？　お前いま『おれら』って言ったな？」

「はい。犬田君が、一緒ですから」

ビートはにっこり大きな笑顔になると、入り口の向こうに向かって声をかけた。

「おーいワンダ。早く入れよ」

クラスじゅうの視線が、いっせいにそっちに集まった。

入り口に現れたのは、見たこともないような、超イケてる男の子だった。

細身のジャストフィットなブレザー、ちょい下げのバギーシルエットのパンツ。スタンスミスの赤いスニーカー。第一ボタンをはずした洗いざらしのボタンダウンの白シャツに、ネクタイの絶妙なルーズ感。斜めがけのストラップが長くもなく短くもなく、腰のいい位置にとまってるスクバ。

ふわふわにボリューム感を出してくしゃっと立たせた髪の毛。くちびるはリップクリームでさくらんぼみたいに光ってる。なによりちょっとワルそうな、斜めにみつめる涼しげな瞳。

「だ……誰？？？」

ほとんど放心状態で、アンナがつぶやいた。

「遅れて、すみませんでした」

超イケてる男の子が、ひょこんと頭を下げた。ビートと並ぶと、ジャ●ーズの新ユニットみたいだ。ヤマサキまでぽかんとしてしまっている。ビートは頭ひとつ大きい彼に向かって、おもしろそうに言った。

「ワンダ。おれらギリギリセーフ、だってさ」

ええーーーーーーーーーーっっっっ!?

「わ、ワンダだぁ!?」

ゴウダとアラカワが同時に叫んだ。ヤマサキは手にしていた出席簿をポロリと落とした。ミキはほおづえにのっけていたちっちゃい顔をずるんと落とした。

全員が、目を疑った。ビートとあたし以外は。


その日の授業は、一時間目からクラスの雰囲気がいつもとだんぜん違った。ものすごい熱気に包まれてる、っていうか。

ビートが転校してきた日みたいに、クラスじゅうの女子の熱視線がワンダに集中する。前から三番目のいちばん右側に座ってるワンダを見ようと、アンナは頭を完全に右向きにして、授業なんて聞いちゃいない。男子たちは『信じらんねー』『別人だし』『どっこもワンダじゃねーし』と驚きとジェラシーの嵐。一時間目の英語の先生（三十歳・独身・女）まで、ワンダにちらちら目配せしてる……。

ミキもさすがに気になるのか、教科書を目の前に広げるふりして、こっそりワンダの様子をうかがってるみたい。

昔の少女マンガで、メガネでみつあみの女の子が、メガネをはずして髪をほどいたら超美女だった、ってのがあったとか（ママの少女時代）。まさにそれの現代版&少年版&実写版なわけだけど。

みんな、ワンダの華麗なる変身っぷりにただもう驚いて、どうしてそうなったのか、なんてとこまで考えがおよばない感じ。

なんだかひとりでにやけてしまう。

『やったね☆作戦大成功!!』

授業中、こっそりビートにメールする。

ビートがちょっとだけ振り向いて、ぐっと親指を突き立てて見せる。

メールで返事くれるんじゃなくて、こうして振り向いてくれたことが、あたしはすっごくうれしかった。

きのう、一晩じゅうかかって自分ちとワンダんちを往復して、ビートはワンダのスタイリング（スタイルをキメてあげること）を手がけた。あたしはそれを、一生けんめいアシストした。そのあいだじゅう、あたしのハートは高鳴りっぱなしだった。

なにこれ。ヤバいんだけど。

超おもしろすぎなんだけど。

いつのまにかワンダもノってきて、「こんな感じ?」とポーズしている。

「そうそう。ちょっとのけぞって、エラそうに」

「え。そんなことしたらなぐられちゃうよ」

「平気だよ。おれ、イケてるだろ? って顔するんだ。ちょっと斜めに。そうそう」

スタイリングが完成したあと、ドラマチックな登場の演出。

まずミキがクラスに来たことを確認して、あたしがビートにメール。先生が出欠をとる直前に、まずビートが、五秒おいてワンダが登場。全員、あっと驚く。

舞台を演出するように、ビートはみんなの反応まで計算に入れているのだった。

ワンダの家を出たら、もう朝になっていた。

ムスメの初朝帰りを夜通し心配していたママに、あたしらの健全なカンケイの証拠として、キメキメに仕上がったワンダの写メを送ってあげた（ママはもちろん超興奮してた）。

「あ〜っ、すっかり朝になっちゃったな。家まで送ってくよ」

完徹だったのに、ビートの表情はめちゃくちゃすがすがしかった。

まがりなりにも一晩一緒に過ごすことができて（よけいなのも一緒だったけど）、なんていうかあたしは、一線を越えた……みたいな気分になっていた。

「ねえ、ビート君……あのさ……」

一方的に『一線を越えた』って気分が、あたしをちょっと大胆にした。

あたしは一晩じゅう聞いてみたかったことを、思いきって口にした。

「ビート君って、好きな子とか……いるの？」

言ってしまった。

体じゅうを熱い血が、猛烈な勢いで流れていくのを感じる。

あたしは、ちょっと前を歩くビートの背中をみつめた。

まだまだ大人の男には遠い、少年のような背中。

だけどあたしは、その背中を追いかけていってしがみつきたい気分だった。


「……いるよ。届きそうで届かないところに」


ビートの言葉に、あたしは立ちつくした。

いつか見たオレンジ色の車椅子の女の子の透き通るような横顔が、あたしの記憶をふっとかすめて消えた。

あたしが立ちどまったことに気づいて、ビートが振り向いた。不思議そうな目であたしを見ている。きっとあたしは、泣き出しそうな顔をしてたに違いない。

ビートはあたしに近づくと、そっと右手をさし出した。

指先が、ふわっとおでこをかすめた。あたしの前髪を細い指先がかきあげる。

ビートはにっこりして言った。

「ん、こんな感じで。おでこの形、すっげえきれいだ」
ビートの指先がふれたおでこは、発熱したみたいに熱くなった。
ビート君。
そんなことされたら、あたし……。
どうにかなっちゃうよ。
少し前を歩いていく背中を、あたしは夢中で追いかけていった。

いちばん星

「あのさあ。先週のノートのデータ……って、たしかまだもらってない、けど？」

大変身して現れた日、一時間目が終わると、ワンダはちょっとずつちょっとずつ女子に囲まれ始め、五分たつと二重に人垣ができてるありさまだった。

その女子の壁をかき分けて、いきなりミキが食いこんできたのだ。

メガネをはずしたワンダの目は、近視だからか、キラッキラにうるんでる。黙ったまま、ミキの顔に急接近した。

「ああ、タチバナさんですか。ごめんなさい、わかんなかった」

額にかかる前髪がふわっと揺れる。しぐさまで急に色っぽい。

いつもだったら「なんでわかんねえんだよ！　死ねクズ！」とか、まるで顔に似合わない暴言を吐くところなのに、ミキはあきらかにどぎまぎしている。

ワンダはごそごそとスクバからＵＳＢを取り出して、

「タチバナさん、たしか、ウィンドウズの最新OSに乗りかえたんですよね。それ用のモードで書きこんでありますから」といつになく余裕で渡した。

ミキは「ありがと……」と小さく言って赤くなってる。周りは目点の海になった。

「みっ、ミキティ！　うそですよね、女王様が下僕にお礼を言うなんてっ!?」

アラカワが血相変えて割ってはいる。ミキはピシッとその額を平手で打った。は、迫力……。

「あたし最新OSとかわかんないし～。ワンダ、今度教えてもらっていい？」

「いいですよ。でもタチバナさん、お忙しいでしょう？」

「大丈夫だよ、オフもあるし。それに、そんな敬語使わなくっていいよ。ミキって呼んでくれていいし」

げ。なんか突然、ミキが軟化してる。

いくらなんでも急展開すぎないかと思ったけど、突然ひらめいてしまった。

あ。わかったたっ！　ワンダはこうしてみると、超人気俳優Aに似てないとは言えないこともなくもないかもしれない。ミキはインタビューで「あたしA君のカノジョになるのが夢でーす」とか言って話題になった。さすがにホンモノは無理だったんだろう。で、ワンダに急接近……。なんつー変わり身の早さだ。

「な。おれの言ったとおりだろ」

いつのまにかあたしの隣にビートがいた。心臓がとくんと波打つ。

「ワンダにはすんごいポテンシャルがあるって。おれ、最初っから信じてたんだ。でもさ。ポテンシャルって、本人が信じなきゃ、出てこないってのもよーくわかった」

あたしのハートは、痛いくらいに響いてる。

最初はビートに夢中になってたほかの女子は、みんなワンダに乗りかえたみたい。だけどあたしは違う。

あたしはますます、この不思議な魅力をもった男の子が好きになっていた。

もう、どうしようもなく。

こうして隣に立っただけで、体温がぐんぐん上がるのがわかる。

ビート。あたしには、わかる。

あなたが誰よりいちばん、ポテンシャルを秘めた男の子なんだ、って。

きのう、ワンダのスタイリングを手伝っているときの、生き生きしてる感じ。

モードの話をしているときの、内側から輝く感じ。
すごい、と思った。
こいつまじですごい。
ポテンシャル、めちゃくちゃ出てくるはず。
それできっとすごく、遠くまで行く。

朝帰りの道で、ビートがちょっとだけふれてくれたおでこ。
あたしはいとおしむように、そっとふれてみる。

決めた。
あたしはこのさき、ずっとビートを追いかける。
どんなに遠くても、簡単に届かなくても。
ビートがほかの誰かのことを、思っているとしても。

いちばん星をみつけたみたいに、あたしはじっと、あたしの星をみつめた。
一秒ごとに大きくなる、ハートのビートを感じながら。

うんめいのであい？

うんめいのであい？

いまどき幼稚園児でも信じないし。

んなもん、あるわきゃないっしょ。

とまあ、思ってたんだよね。そ、先週くらいまでは。

あたしの名前は立花美姫。ま、いまや日本じゅうで知らないヤツがいたらシメてやるって感じの超人気モデルでございます。

ママも元モデル、美人で若作り。でもってオトコ嫌い。売り出し中にオトコにだまされて、あたしを産んだ未婚の母だ。

「オトコにだまされちゃだめよ！　全世界のオトコをあんたの足もとにひれ伏させせんのよ！」

ってムスメに勝負させようとする。

見ててちょっとイタいけど、そんなママのおかげで人気者のあたしがいるわけだし。

ま、しょうがない。

平均的なニッポンの女子中高生たちが、みーんな「どうやったらミキティみたくなれんの？」とチマナコになってあたしのまねっこする。

んなもん、なれっこないっしょ。

だってあたしはフツーじゃなくかあいいんだし。あんたらと気合いも違うんだし。

世の中の男子の99パーはあたしの足もとにひれ伏すのはとーぜんだし。

こんなあたしを「超ヤなヤツ」って思うなら、越えてみれば？

ま、そんなふうに思ってたわけ。

「運命の出会い」とやらを、先週やってしまうまでは。

それは予想もしない方角から、突然ガツーンと飛んできた。しかも空港とか原宿とかおしゃれなカフェとかじゃなく、ごくフツーに、学校の教室で。

「どうしたのミキちゃん。なんか今日、いまいちノってないね」

都内のスタジオで撮影中に、スタイリストの二階堂《にかいどう》さんが声をかけてきた。

「んー別に……あたしお年ごろだし」

ニカさんはあたしも一目《いちもく》おいてる超人気スタイリストだ。彼をブッキング（仕事を頼むこと）するには二ヶ月待ちだとか。あたし以上に売れっ子なんだが、やっぱり彼もオトコなわけで、あたしのスタイリングを最優先にしてくれてる。

もう二十歳若けりゃ考えてやってもいいんだけどね。

「ありゃりゃ、めずらしいね。そんなしおらしいこと言うなんて」

ニカさんはおもしろそうに笑ってる。そのへんのおっさんだったらただじゃすまさないけど、しゃーない、許してやるか。ニカさんだし。

あたしはドリンクを取りにいくふりをして、スタジオの隅っこに行くとケータイを開けた。

画面には、ビートとワンダが写ってる。きのう、ふたりでしゃべってるとこを、アラカワに申しつけてこっそり写メさせたんだ。

「あぁ～っ、く、クツジョクです！　ミキティがこんなことボクに頼むなんて……」

アラカワはまじに泣いてた。んなことくらいで泣くなんて、あいつはもう破門だな（↑道場か）。

ま、とにかく。

このふたりが、「運命の出会い」を、このあたしに感じさせた張本人たち。

突然、あたし好みに（てかあたしのために？）変身を遂げたワンダ。そして、どうやらそれに関係してたっぽいビート。

この「ワンダービート」（ユニット名 by あたし）は、ある日突然テレビのドラマに登場してあたしのハートを奪ってしまった人気俳優A君みたく、ふたり一組であたしのハートをかき乱してしまった。

あたしはむちゃくちゃ悩んだ。どっちにフォーカスしておとしにかかったらいいの？

ついつい、ひとりでつぶやいてしまう。

「どっちもいいんだよなー。どっちにしよっかなー」

「ふうん。たしかに、どっちもいいね」

「でしょでしょ。もー迷っちゃって……」

……って誰だよ!?

ニカさんが、すぐ後ろに立っていた。あたしのケータイをのぞきこんでいる。

「ねえ、この子たち誰？　なんかすっげえかっけーんだけど」

クギづけ

あたしはあわててケータイを閉じた。ニカさんは腕組みをして、ニヤニヤしてる。

「あ。さてはミキちゃんのカレシ？」

こういうロコツなツッコミ方は、やっぱおっさんだ。

「ちがいますよお。クラスの子なんだけど、着こなしイケてたんで、モデル仲間に見せてあげよーかな、なんて」

「着こなし？　ならおれが見たっていいじゃん。ちょっと貸してよ」

こういうのを「墓穴《ぼけつ》を掘る」って言うのかも。いや、「地雷を踏む」か（汗）。

結局、ニカさんにケータイを取られてしまった。じつは何十枚もショットがあって、気があることがバレバレになってしまった。ニカさんはケータイにクギづけになっている。

「へえ、いいね。かっけーじゃん」

「いやまあ、あたしもいろんなイケメンやらセレブの皆様からお声がけいただきまして、たまにはこーいうシロウトもいいかな、と……」

「ねえ、私服のショットもある？」

「はあ、いろいろに取りそろえておりまして……」

ってデパートの店員かあたしは。まんまと下校時の極秘ショットも見せるはめになってしまった。

最初のうちはすっごく楽しそうに見てたのに、ニカさんはだんだん真剣な顔つきになってきた。あたしのあまりの盗撮っぷりにアブないものを感じたんだろうか（実行犯はアラカワだけど）。それとも、あたしを密かに愛するあまり、ジェラシー爆発か……。

「彼らの着てる服、全部見たことないよ。どこのブランドかな。……このちびっこい子のほうが、スタイル決まってるね。そうとう、ポテンシャル高いな」

ポテンシャル？

「いや、まだどの局でもオンエアされてませんけど？」

「それはコマーシャル。おれが言ってんのはポテンシャルだよ。潜在能力、っていうか」

ニカさんは真剣な目のままで、あたしに向かって言った。

「このちびっこい子は、すっげえポテンシャルが高い。想像だけど、着てる服もオリジナルなんじゃないかな」

密偵（アラカワ）によると、ビートの私服は全部手作り一点モノらしかった。ニカさんがそれを見抜いたので、あたしはちょっとあわててしまった。

「自分で服作ってるなんて、いまどきダサいよね。イケてるブランドで固めてなんぼだし……」

「やっぱ、そうなんだ」

ニカさんの真剣な表情は、満足そうな笑顔に変わった。

「手作り服なんて、すんげーかっけーじゃん。しかもスタイリングもカンペキ。あぁ、この色、この感じ。川久保玲とか、マルタン・マルジェラに近いよ」

いつもクールにスタイリングしてるニカさんが興奮してる。あたしはぽかんとしてしまった。

川久保玲。「コム・デ・ギャルソン」の伝説のデザイナー。マルタン・マルジェラ。「アントワープ派」というトレンドを作った、画期的なベルギー人デザイナー。歴史の教科書に出てくるような大物デザイナーのことを、ニカさんは教えてくれた。

そんな神様みたいな人たちに、ビートの服が似てる、と言って。

「ミキちゃん。おとすんだったらこのちびっこい子がいいよ。将来必ず、大物になる」

お告げまでされて、あたしは猛烈にあせってしまった……。

墓穴……

真っ赤なベンツが校門の前にとまる。

登校のときはママがいつも送ってくれるんだけど、今朝はちょっと不機嫌だ。

「ねえミキ。最近、登校しすぎじゃないの？」

一般家庭の親が聞いたら泡を吹きそうなことを、うちのママは平気で言う。

「だって、ちゃんと学校行っとかないと、もうすぐテストもあるし」

まともな理由を言ってみた。ママは疑い深い目つきであたしをにらむ。

「なに寝言みたいなこと言ってんの。とにかくお仕事第一だからね。あんたが目指すのは世界一のモデル。いずれ舞台はパリコレなのよ。ミキはママみたく、地味に終わっちゃダメなの。わかってるよね」

ふう。わかってますってば。

車を出て、足どり重く校舎に入っていく。あたしは暗い気分だった。

イタすぎるって、ママ。あたしはママの分身じゃないんだから。

「ミキティ、おはよ」

メイとアンナが声をかけてきた。最近、このふたりはあたしに話しかけてくるようになった。まえは近寄ってもこなかったのに。

「なんか最近、毎日ガッコー来るよね」

メイがツッコむ。それを言うんじゃねえよ、とついキレかけて、ビートとワンダが視界に入った。

「だって仕事ばっかしてたらみんなに追いつけなくなっちゃうし。おっはよー、ワンダぁ！　ビートっ！」

メイへの対応はテキトーにして、ソッコーでワンダービートのところへ走っていく。今日もさりげにキマってるぞ、っと。

「すげ。出席率更新？」

ビートが楽しそうに言う。あたしはふふん、といばって見せる。

「まーねー。中間テストも近いし、お勉強もしなくちゃ、なーんて思ったりして」

「じゃあ、もうノートのデータ作んなくっていいすかね」

あいかわらず敬語でワンダが言うので、

「いや、だめだって！　ワンダのデータがないと、あたし勉強できないし。ねっ」

さりげなくワンダの肩にふれる。やっぱワンダもオトコだ、どぎまぎしてるのがわかる。あたしのさりげなショルダータッチ攻撃をかわせるオトコはこの世に０・１パーも存在しない。

おっと。んなことやってるうちに、ビートはどんどん先を歩いてく。メイとアンナが両脇を固めて、ちゃっかりしゃべってるし。そうはさせるか。

「ねえねえビートっ。きのう撮影でさ、知ってる？　二階堂旬《しゅん》ってスタイリストと一緒だったんだけど」

三人のあいだにさくっと割りこんで、あたしはビートに話しかけた。ビートの表情が変わる。

「すんげーカッコいいスタイリングしてる人だろ。そういえば、二階堂旬ってミキちゃんのスタイリング、よくやってるよね」

さすが、よくわかってる。あたしの掲載ページをくまなくチェックしてる証拠だ。あたしはちょっと浮かれた気分になった。

「そ。その人が、ビートの着てる服見て、『超ポテンシャルが高い』って。それって、すごくない？」

黒ぶちメガネの奥の目が、キラリと光る。追いついたワンダとメイとアンナ、全員がいっせいにあたしを見た。あたしはもう一度、ふふんと笑った。

どうだ。ビートのためにセレブスタイリストのコメントとってくるなんて、あたしにしかできないいっつーの。

「ミキちゃん、どうして……？」

ビートが不思議そうに聞く。あたしはいっそう、いばって答える。

「そりゃあ二階堂さんとあたしは親友みたいなもんだし、コメントもらうなんてぜんぜんフツーにできるし」

「いや、そっちじゃなくて。おれが作った服、どうやって見たの？」

あ。

またしても「墓穴を掘る。または地雷を踏む」。やってしまった。

放課後

その日の放課後、あたしはとうとう、ビートの家におよばれした。

てか、むりやり「ビートの手作り服がもっと見たいな〜」とせがんだんだけど。

あたしが私服のビートをこっそり追跡してたことがバレて、ええい、こうなったらとことん追跡してやる！　と開き直ってやった。こういう開き直りOKなとこはカワイイ女子の特権だし。

で、「じゃあ見にくれば」とお望みどおりの展開になったわけ。ただし、メイとアンナとワンダも一緒だったけど。

ワンダはよしとして、なんでメイとアンナまで……。まったく、大事なとこでツメが甘いぞあたし。

ビートの家の中はしんと静まり返って、誰もいないようだった。

「散らかってっけど。テキトーに座って」

ビートの部屋は、あきらかにフツーの高校生の部屋とは違っていた。

まず机がない。そのかわり、足ふみミシンと電動ミシンが二台、でーんとおいてある。アイドルやアニメのポスターも貼ってない。そのかわり、ファッションショーの写真がいっぱい貼ってある。あとは壁と天井いっぱいに、作りかけの洋服が吊るされている。

「すごいアナログな機械だね。ちょっと見ていい？」

ワンダはさっそくミシンに興味を示して、あちこちのぞいている。

「足ふみ式のほうはいなかのじいちゃんのおさがり。かなり古いけど、ちゃんと動くよ。電動のほうは親父の会社でいらなくなったのを譲ってもらったんだ」

「ビートのパパの会社って？」

あたしが聞くと、ビートは「ああ、ミキちゃんは知ってるかも」とこたえた。

「『スタイルジャパン』って、アパレルの会社なんだけど」

それなら知ってる。ＯＬに人気の、ファッションブランドの会社だ。

「あ。駅地下とかに入ってる、安物ブランドでしょ」

あ。出た。「地雷踏み」。最近あたし、これ得意すぎなんだけど。

言ってしまって、あたしはさすがにつなぐ言葉がなくなった。

「『インスパイア』とか、かわいいＯＬ系ブランドやってる会社だよね。あたし、憧れなんだ」

うっ、あざやか。メイが光速フォローをいれてくれた。

「『TOQUIMEQUI（トキメキ）』とか、『ラブ＆ラッシュ』とかもだよね。あたし、このまえママに買ってもらっちゃった」

続いて、下調べしてるとしか思えないようなアンナのナイスフォロー。

「しかもこのミシン、そうとうイケてるボディだし」

ワンダがすかさず話題をそらす。てか唐突すぎだろそれは。

ビートの顔に笑みがこぼれた。

「へえ、けっこうみんな知ってるんだね。親父に話してやんなきゃ。まだまだイケるかも、って」

あたしはまたすぐに、よけいな反応してしまった。

「え？　お父さんの会社、イケてないの？」

地雷二連発。こういうときは、なにを言ったってダメダメになる。

今度はさすがにフォローできず、みんな黙りこくってしまった。

「うん。かなりヤバいんだ」

しばらくしてから、ひとりごとみたいに、ビートがつぶやくのが聞こえた。

ビートパパの会社、スタイルジャパン。設立されたのは、十五年まえ。ちょうど、あたしたちが生まれた年。

ビートパパは設立と同時に入社して、それからずっとブランドの企画を手がけている、とビートは教えてくれた。

「おれらが生まれたころの日本って、デザイナーズブランドがいっぱいできて、パリコレのトレンド分析したコピーみたいなデザインばっかになっちゃって……親父は、斬新でカッコいい、着てる人が楽しくなるような『リアルクローズ』を作りたい、って、新しくできた会社に入ったんだ」

ビートは突然、大人顔負けの話を始めた。

ってことで、ちょっと解説タイム。

「デザイナーズブランド」は、デザイナーの名前を出してブランドにすること。たとえば「ヨージ・ヤマモト」とか「イッセイ・ミヤケ」とかがそうだ。名前じゃないけど、「コムサ・デ・モード」や「コム・デ・ギャルソン」とかもその仲間だったらしい。

「パリコレ」は、パリで春と秋に開催されるコレクションのこと。シャネルとかエルメスとか、一流ブランドが新しいデザインを発表する場で、世界じゅうのファッション関係者が注目する。うちのママの夢は、このショーにあたしが出演すること（さすがにまだぜんぜんムリ）。

パリコレで発表される服が「カッコいいけど実際は着るのがむずかしい服」なのに対して、「リアルクローズ」は、「実際に着られるリアルな服」ってこと。たしかに、パリコレの超スーパーミニスカとか透け系ブラウスなんて、着て歩いたら犯罪になる。

とにかく、ビートパパは、日本に新しいブランド旋風を巻き起こそうとがんばったらしい。

そのために、故郷で仕立て屋をやってるビートのおじいちゃんとケンカまでして。「じいちゃんは親父に、自分の店を継がせたかったんだよね。でも親父は『世界に通用するブランドを作る』って、飛び出しちまったんだと」

ビートパパの会社は、できてしばらくはうまくいってた。いいデザイナーもいて、ファンもたくさんついた。けど、何年かまえに、看板デザイナーが他の会社に引き抜かれて、それからだんだん、ビミョーな方向に走り始めた。

斬新なリアルクローズを作り続けたかったのに、会社存続のために、安っぽい服も作らなければならなくなった。

ビートの話は、コワいくらいリアルな大人の世界の話だった。

同級生の部屋で、あたしたち高校一年生が集まって聞くような話じゃなかったかもしれない（と書くとエロい話のようだが）。

聞いたところで、どうすることもできないし。

ビートにしたって、話したところで、どうすることもできないって、わかってるみたいだった。

「親父の会社が、大量に売れる安い服を作ってることはほんとだし。そうしなくちゃやっていけないんだと思うんだよ」

ビートの声は、少し沈んでいた。

「でも親父、けっこうつらいと思う。自分がほんとに作りたい服を作れなくって。親父、服作りが大好きだから。じいちゃんとおんなじくらいに」

そのとき、あたしはようやく気づいた。

ビートは、ほんとうのほんとうに、ファッションが大好きなんだ。おじいちゃんが、ビートパパが服作りを好きなように、ビートも負けないくらいに。

「ねえ、その引き抜かれたデザイナーはなんていう人？」

地雷を踏まないように注意しながら、あたしは聞いてみた。もしかして、あたしの知り合いだったりして。

デザイナーの名前は、日本人の名前じゃなかった。

パク・ジュンファ。

それは、韓国を代表する、超人気のイケメンデザイナーだった。

悲しい知らせ

秋らしい青空が広がる九月の終わり。

全校集会のために、あたしたちは体育館に整列していた。

この手の立ちっぱ系イベントには絶対出ない。それが低血圧のあたしのオキテだったのに。

いまや出席率ほぼ100%になりつつあるあたしは、仕方なく列の後ろに並ぶ。

ちっこいビートは前のほうに並んでる。

全校生徒は五百人。この少子化時代に、けっこう数いるほうじゃないの。

それもこれも、人気モデルのあたしが在籍してるからなんだけど。

でも、あたしだって、さ来年には卒業する。

そしたらまじで、このガッコーどうなるんだろ、なんて、バクゼンと考える。

ま、卒業しちゃう側にはカンケーないけどね。

きわめてマジメに整列しながら、先週、ビートの家に行ったときに聞いたデザイナーの名前が頭をかすめる。

パク・ジュンファ。

あたしのママも大好きな、マダム殺しのイケメン韓流デザイナーだ。

ビートのパパは、日本のデザイン学校に留学したパクジュンの才能を、いち早く見出《みいだ》したんだと。それで自分の会社の新ブランドの立ち上げに起用して、スターデザイナーにした。

まったく無名だったパクジュンを見つけ出したビートパパ。やっぱりタダモノじゃない。

で、さらにタダモノじゃないのは、そいつをビートパパの会社から引き抜いたヤツ。

ズ太い神経と、冷たい心と、ものすごいお金を持ってるヤツ。

いったいなにもの？

きのうの撮影のとき、二階堂さんに聞いてみた。ニカさんはギョーカイのことはどんなちっちゃいことでも知ってるし。

「そんなこと知ってどうするの？」

当然、ニカさんはそう聞いてきた。

「うん、ちょっとママが知りたいって。パクジュン大ファンだから、引き抜いた会社に投資でもしたいんじゃないの？」

なるほど、とうまい具合にニカさんは納得した。

「『PARK』ってブランドはミキちゃんも知ってるよね。あれはスタイルジャパンが立ち上げて、いまは韓国の会社が買収して、超高級ブランドになってる」

それはあたしも知ってる。知りたいのは、パクジュンが日本のブランドのデザイナーとしていまも活躍してるかどうか、ってことだ。

「名前は表向きに出してないけど、じつは日本のアパレル最大手『ワールドモード（WM）』のブランド、『jun-paku（ジュンパク）』のデザイナーもやってるんだよ。引き抜いたのは、社長の安良岡覧」

やすらおか・らん。

それって、ギョーカイの超大御所《おおごしょ》じゃね？

「校長先生のお話があります」

マイクの声が響き、はっとして前を見る。

ざわついていた体育館が、一瞬しーんとなる。

校長が舞台の上に上がって、マイクの前に立った。遠目に見ても、なんだか具合が悪そうなのがわかる。

「生徒のみなさん。今日は、とても悲しいお話をしなければなりません」

校長は、沈んだ声で話し始めた。

「こんなことをみなさんにお知らせするのは、私も大変つらいのです。けれど、もうぎりぎりの限界になってしまいました。生徒のみなさん。じつは、わが校は……」

水の底のように静まり返る体育館に、校長の泣き出しそうな声が響いた。

「今年度限りで、廃校になります」

大切な場所

おいおいおい。

ちょっと待てコーチョー。

それってかなり問題発言だって。


とあたしがツッコむよりさきに、「マジで!?」とメイとアンナが大声を上げた。

みんな顔を見合わせたり、「えーっ」と驚いたりしている。

「ヤりぃ!」と喜んでるゴウダとアラカワは、問題の本質をまったくわかってない。

これでオール1の通信簿が返ってこなくなる、ってくらいに思ってるんだろう。バカだ……。

ざわつく場内に向かって、校長はぶっ倒れそうに青い顔のまま話を続けた。

「本校は財政難と闘ってきたのですが……この付近で大型の都市開発があり、そのために学校の土地を売却することになったのです」

「なんだ、都市開発って？」

ひそひそ話す男子に向かって、ワンダが言う。

「六本木ヒルズみたいなもんです。個人や公共の土地を開発業者がまとめて買い上げて、でっかいショッピングセンターとか映画館とか、オフィスとかホテルとか作るわけです」

「へー。ならいいじゃん。ゲーセンとかもできんじゃね？」

とノーテンキなゴウダが口をはさむ。やっぱりこいつバカだ……。

「つまり、ひとことで言うと、この学校の土地が開発業者に買収されたってわけだ」

ビートが落ち着き払って言う。買収、って言葉を使っただけでビートがヒルズ族に見えるのはあたしだけだろうか。

「生徒のみなさんにはまことに申しわけないのですが……来年三月までの思い出を、胸いっぱいに焼きつけてください。む、胸いっぱいに……」

おいおいおいおいおい。

泣くなよ～コーチョー。

「なんとかなんないのかな、ガッコウ」

ランチタイム。学食のテーブルであたしたちはなんとなく話しこんでいた。最初にぶつぶつ言い出したのはメイだ。ガッコウがなくなるなんて信じらんない、とまじに落ちこんでる。

「全員にいくつか転入先の学校を紹介するって言ってたけど……それって、全員同じ学校に行けるってことじゃないよね？」

「じゃないね。学力も違うし」とワンダ。

「顔のレベルも違うし」とあたし。

「それはあんま関係ないし」とアンナ。

ビートはずっと黙ってる。こんなときになんにも意見言わないのはビートらしくない。

「ねえ、ビート……」とあたしが話しかけると、ワンダが急にあたしのブラウスのそでを引っ張って、そのまま学食の外へ連れ出された。

なになになに!?　この展開。

あたしがビートに話しかけてほしくない、ってアクション？

ちゃんと向き合ってみると、ワンダはけっこうすらりと背が高い。あたしはデカ女、じゃなくてモデル体型だから、女だてらに170㎝ある。ワンダの目線はあたしよりちょい高いところにあった。

いじめてたころはいっつもヒクツに背中を丸めてたから、気づかなかったけど。人間って、しゃんと背中を伸ばすとカッコよく見えるもんなんだ。と、ミョーに納得。

そういえば、ビートも超ちっこいけど、それを感じさせないでっかさがある。

「タチバナさん。あなたはどう思いますか。このガッコウがなくなること」

うるんだ目は、けっこうまじだった。

そんな目にみつめられて、フカクにもどぎまぎしてしまうあたし。

「そんなこと急に言われても……」

一瞬、コクられてるような錯覚におちいりつつ、

「いやあの、やっぱガッコウなくなんのはちょっとね。最近せっかくあたしも出席率上げてきたとこだし……それに」

みんなに会えなくなる。

ほんの一瞬、ちくりとあたしの胸の奥がうずいた。

そんなこと、いままで一度だって思ったことなかったのに。

ガッコウなんかより撮影スタジオのほうがずっと大事だったのに。

なんでだろう。いまのあたしは、ガッコウがなくなってしまう、って本気で困ってる。

「ガッコウを存続させるための、いいアイデアがあるんですけど」

ワンダのうるんだ瞳がきらっと光った。

さて、おもしろいことが始まるよ。

ワクワクする感じのまなざしだった。

始まり

「ファッションショー!?」

ワンダの提案に、あたしたちは全員、仲良くハモってしまった。

「そ」とワンダは、涼しい顔をしてる。

「ケータイで調べてみたんだけど、ここの土地を買収しようとしてるのは『街中開発《まちなかかいはつ》』って会社。でっかいオフィスビルとショッピングセンターを作って、そのあと外資系の会社に売っぱらおうって気らしい」

「おれもなんとなく気づいてたんだ。このへんに住んでる人たちが反対してるってうわ。よくわかんないけど、なんかヒルズ系のヤバいにおいがする。

「……」

ビートがちょっとブルーな声で言う。

「そういえばうちにも回覧板が回ってきてた……」

って地味な気づき方すぎだぞメイ。

「だから目立つイベントをしかけて、マスコミを味方につける。ラッキーにもこのガッコウには立花美姫がいるし」

あら、なかなかいいこと言うじゃないのワンダ。

「で、ビート。君がデザイナーになる」

ワンダに名指しされて、ビートはきょとんとなった。

「おれが？」

全員、一緒にうなずいた。

ビートはもじもじしてる。ガッコウいちのおしゃれリーダーも、こうして指名されるとけっこうテレるみたいだ。

「おれがデザインするの？」

「そ」

「それでマスコミの注目を集める……」

「そ」

「おれのデザインが世界を変える……」

いやいやいやいやいや。それはちと言いすぎ。

みんなが笑い出したので、あははっ、とビートも笑顔になった。

「てとこまではいかないだろうけど、なんかやってやった、ってことにはなるか」

あたしたちは顔を見合わせた。どの顔もワクワクしてる。

「ほいじゃ、いっちょやりますか!!」

ビートの言葉に、メイとアンナはきゃあっと叫んで飛び上がった。なんとあたしも一緒に飛び上がっていた。あたしたち女子3人は、ずっと昔からの親友同士のように、抱き合って喜んでしまった。ビートとワンダはそれを見て、楽しそうに笑っていた。


子供のころからファッションショーなんて百回くらい出てる。

どんなはやりのブランドだって、カンペキに着こなす自信がある。

だけどこんなにドキドキしたことって、あるだろうか。

あたしたちはさっそく「青々山学園《あおあおやまがくえん》（うちのガッコウの名前）コレクション実行委員会」を発足した。

ってことで、ここでスタメン紹介。

メインデザイナー兼演出、ビート。

パタンナー兼演出助手、ワンダ。

制作、メイ&アンナ。

で、スーパーモデル兼プレス、立花美姫様。

ビートは五十着の服をデザインして、実際に作る。そしてファッションショーをカッコよく見せる演出をする役割。ワンダはパソコン（CAD《キャド》っていうソフトを使うらしい）でビートのデザインを実際に型（パターン）に起こす。これはすごい重要な役らしい。メイとアンナは学校との交渉やスケジュール管理、イベントを実現するために必要な資金を集める（クラスの生徒の親に寄付を募る。カツアゲは原則不可……てかそんな根性ない）。

で、あたしは華麗に着飾ることはもちろん、知り合いのマスコミ各社に取材してもらうようおねだりして回る。

立花美姫の一世一代のステージを見にこないヤツは、全員シメる（本気）。

「うわ。なんかほんとのファッションショーみたい」

メイがワクワクしながら言う。

「とーぜん。やるなら全力。それがおれの主義」

さりげなく、でも自信満々でビートがこたえる。

「Xデーは二ヶ月後の学園祭に設定。それまで全力でいこう」

パソコンのキーを叩きながら、ワンダがまたもやうるんだ目をキラリとさせる。

ああ、なんだろこれ。あたし、ものっすごいドキドキしてきた。

まるで恋の始まりみたいに。


「じゃ、みんな。Vサイン、出して。こんなふうに」

ビートが言って、右手でVサインをつくってさし出した。それをまねして、みんなもVサインを出した。

それぞれの指先が合わさると……。
☆。星のかたちだ。
「おしっ。みんなで目指そう、モードの星っ」

元気よくビートが言い、「おーっ!!」と全員、声を合わせた。

どの瞳も、星が宿ったみたいにキラキラと輝いていた。

とはいえ、ショーの準備は簡単じゃなかった。

まず学校を説得しなければならない。これにはチーム全員でぶつかった。最初は担任に話して、学園祭の出し物としてなんとかOKをとった。

難関は校長だった。

校長は、「学校が廃校になる」って泣きそうに訴えてたわりには、タヌキおやじだった。

「そりゃあ、ファッションショーをやるのは学園祭のイベントとしてはおもしろいでしょう。でも、開発反対の署名運動を同時にするというのは……」

土地を売り払うのはもう決まったことだから、みたいなことを言う。

あたしは「シメるぞこのタヌキ！　誰のおかげで五百人もの生徒を集められたと思ってんだコラ！　あたしがいたからだろ!!」といちおう心の中で暴れてみた。

「でも、このあたりに住む人たちは誰ひとりとして開発に賛成していません。金もうけをしようとするやつらがウラで糸を引いてるんだ」

ワンダが堂々と意見した。まったく驚いちゃうんだけど、ワンダは大人と交渉するのがコワいくらいうまい。

油断していた校長は足もとをすくわれたみたいで、言葉につまった。

「おれらにはわからない学校の都合があるのかもしれない。でも、それにおれらは黙ったままで巻きこまれたくないんです」

そう言ったのはビートだった。

全員、ビートを見た。どんなまじな顔をしてるかと思ったら、ビートはにっこり笑って校長をみつめている。一見無邪気なその笑顔に、絶対負けねー、って感じの闘志が、めらめらしているのをあたしは感じた。

「まあ、いいでしょう。ただし、あくまでも高校生らしく、ですよ。募金運動や署名活動は禁止です。それから不純な男女交際につながる官能的なファッションも禁止です。ついでに肉まん類の買い食いも禁止です!!」

ワンダービートにあおられて、校長は興奮モードのご様子だ。

校長室を出ると、担任のヤマサキはあきれぎみに、でもちょっとたのもしそうに言った。

「お前らついにOKとっちまったなあ。ほんとにやるのか、おい？」

ビートはぐっと親指を突き出して見せた。

「ったりまえっすよ！　とりあえず先生は、ショーの照明担当ってことで」

「照明？　もっとカッコいい役ないのか？　どうせならおれ、あれがやりたい。ほら、ヘッドマイクつけてさ……『Q《キュー》』ってサイン出す役」

じつはテレビ局に就職希望だった……とヤマサキ衝撃の告白。


次の日、クラスでショーに関する説明会をした。

で、クラスの誰もが言葉を失った。

「クラス全員、モデルになって参加してもらうんで」

教壇に立ったビートがいきなりそう宣言したからだ。あたしはイスから転げ落ちそうになった。

ぜんぜん聞いてないよそれ。

「ちょっとビート。モデルはあたしがやるんじゃないの？」

あたしはソッコー異論を唱えた。いきなりチームワークの乱れを見せちゃうけど、そんなこと言ってる場合じゃない。

ビートはおもしろそうに笑った。

「とーぜん。でもミキちゃんはひとりじゃん？　どうやって五十着の服を着るの？」

「いやそれはミキティ1号と2号と3号と……」

言いかけてやめた。これを言い続けたらそうとうなバカだ。

「メインのコスチュームはタチバナさんが着るってことだよな」

ワンダ、ナイスフォロー。ここんとこワンダはそうとう光ってる。

ビートはうなずいて、教室じゅうによく響く声で言った。

「このショーは全員参加。それで学校の存在をアピールしたい。だから、みんなの力が必要なんだ」

教室はしーんとなった。

ビートは、誰かがなにかを言い出すのをじっと待った。

「それって……おれも出場していい、ってこと？」

おずおずと質問したのは、なんとゴウダだった。

ちょっと待て。出場ったってハンマー投げ選手権じゃないし。

「もちろん。お前がいちばん、ポテンシャルがたけーぞ」

ビートの言葉に、ゴウダの顔が輝いた。あたしは気絶しそうになった。

あたしとゴウダがおんなじステージに上がるって……。

でもって、ゴウダがビートマジックにかかって、またもやジャ●ーズ系に変身したりしたら……。

とちらっと考えるほど、あたしの頭は混乱してしまった。

裁縫道場

それからの二ヶ月間。あたし史上に残る、ものっすごいスピーディーかつヤバいくらいおもしろい日々が始まった。

ビートはものっすごいいきおいでデザインを描き始めた。描く描く描く描く描くカクカクカク。こっちがカクカクカクきちゃうほど、描きまくった。授業中も描いてた。電車の中でもバスの中でも。もちろん家でも。でもって、ものっすごい楽しそうだった。ずっと春を待ってた花が、いっせいに開いた。そんな感じだった。

ビートのファッション画はすごくユニークで、ドキドキするほどカッコよくて、「これちょっと着てみたいかも」と思わせるビミョーなスパイスがちりばめられていた。

コレクションのテーマは「United Energy（ユナイテッド・エナジー）」。団結するエネルギー、って意味だ。

「いまのあたしたちにぴったりだね～」

とメイとアンナは大喜びだ。

「だよなだよな～」

ってなんでお前がそこにいんだよゴウダ（殴）。

ワンダは光速でビートのデザイン画をパターンに起こす技術を身につけた。それどころか電動ミシンの使い方習得も光速だった。ビートの家には連日女子が詰めかけ、ピーピーと黄色いヒヨコみたいな声でわめきながら服作りを手伝っていた。

「はい、そこから布を回して……こうやって。そうそう」

ワンダに指導されてヒヨコどもはいっそうピーきゃー騒ぐ。生まれて初めての針仕事にあたしもトライしたが、ワンダが女子に指導に入るたび気が気じゃない。

ああっもう！　そんなに接近しちゃやだっ。

「あいたっ！」

自分の指をわざと針で突いてみた。そうすればワンダがあわてて、「大丈夫!?」と指先を口に含んでくれるに違いない……。

「だ、大丈夫っすかあミキティーっっ!?」

すっ飛んできたのはアラカワだった（殴）。

ビートの家はさしずめ「裁縫道場」と化していた。

一ヶ月くらいたったある日、学校からみんなでビートの家に行くと、いままで五台しかなかったミシン（二台はビートので、三台はクラスの子持参）が一気に十二台に増えていた。

「わ〜〜最新型のハイテクミシンだ〜」

いまやミシンオタクとなったワンダがミシンに抱きついた。

「すげえ。なんだこりゃ」

と、ビートも驚いている。まったく想定外だったらしい。

喜ぶみんなから離れて、ビートはこっそり電話をした。

「もしもし親父……ミシン、届いてた。ヤバいよこれ。ありがと」

どうやらミシンをプレゼントしてくれたのはお父さんだったみたいだ。きっと会社から譲ってもらったんだろう。

遅くまでビート宅で作業してても、ビート父に会ったことはなかった。ビート父も会社が大変らしく、会社に泊まりこんだり出張したりしてるらしい。

まったく、あきれるくらいファッションが大好きな親子なんだ。

驚くのはまだ早かった。

「ワンダー。ここちょっとわかんなーい」

新しいミシンの指導をワンダにおねだりすると、「うん。どれどれ」と、やさしい声とともに皺《しわ》くちゃの手があたしの手の上にすっと重なった。

「ぎゃあ〜〜〜っっ!!」

あたしは特大の雄たけびを上げてしまった。

「あれっ、じいちゃん!?」

な、なんですと?

振り向くと、『ゲゲゲの鬼太郎』の子泣きじじいみたいにちっこいおじいちゃんが、むすっとした顔で立っている。

「なんだこのコムスメは。せっかく指導してやろうと思ったのに」

子泣きじじいは、なんとビートのおじいちゃんだった。ビートは自分と同じくらいの大きさのおじいちゃんのところへかけ寄った。

「じいちゃん。来てくれたんだね」

「ったく、手のかかるヤツだ。こんな状況でショーをやるたぁ、おこがましすぎるぞ。なんだこれは、ゾウキンか。もっとちゃんと縫え」

おじいちゃんはあたしが縫いかけていた服をつまんでそう言った。ううっ、的を射てるだけにムカつく。

「いいか。直線はすなおに水の流れるごとく。曲線は布と会話して、ゆるやかに。デザインを生かすも殺すも、パタンナーの裁量とお針子の技術だ。わかったか」

「はいっ」

その瞬間、ビートの家は完全に道場と化した。子泣きじじいはムカつくけどカンペキなプロだった。

「あんたの着こなしはいつも見てるよ、ミキティ」

あたしの縫製を直しながら、そんなことをささやいた。

ヤバい。祖父もなかなか魅力的だ……。

学園祭

学園祭当日。

「まったく、どういうつもりなの美姫!?　学校でやるファッションショーなんて、ママぜんっぜん知らなかったわよ!?」

そりゃそうだよママ。今日まで教えなかったんだもん。

最近、毎日あたしが登校するもんだから、ママはかなり心配してた（世の中の親とは常に逆行してるママだった）。

で、今日になって初めてママにあたしたちのショーの招待状を渡した。

ワンダがパソテクを駆使して作った、超クールな招待状。

それを見て、ママは笑っちゃうくらい取り乱した。

「このショーはどこのブランド主催なの!?　ギャラはいくらなのよ!?」

あたしはため息をついた。

「学園祭なんだよママ。有名ブランドなんてありえないし、ギャラなんて出るわけないじゃん」

ママの顔から、みるみる血の気が失《う》せるのがわかった。

なーんてね。んなわけないじゃん。ノーギャラの仕事なんて、あたしがやるわきゃないって、ママがいちばん知ってるはずでしょ？

いつものようにノーテンキにあたしがそう言うことを、きっとママは期待してたに違いない。

でも、あたしはママに、ほんとのあたしを見てほしかった。

一歳になるかならないかで、あたしはもう赤ちゃんモデルの仕事をさせられてた。

それからずっと、あたしはモデルなんだ。

あたしが着れば、どんな服だってかわいく見える。だから服のことなんて、なーんにも知らなくたっていい。

いままでずっと、そう思ってた。

そう、ビートやワンダ（変身後）に出会うまでは。

ビートやワンダと過ごす、めくるめく愛と裁縫の日々……師匠（ビートのおじいちゃん）の華麗な針テクにもすっかり魅せられてしまった。

気がつくと、あたしはほんとにモードが大好きになっていた。

「行かないわよ。子供だましの文化祭なんて、誰が行くもんですか」

ママは招待状を足もとに叩きつけた。

その瞬間、あたしの胸の中でほんの少しだけ揺れていたともしびが、ふっと消えた。

「いいよ、もう」

あたしはそうつぶやいて、家を出た。


モデルをやってて、ほんとによかった。

ママのおかげだよ。

ありがとう、ママ。


そんなふうに素直に言えるはずないって、最初からわかってたけど。


制服に、ぼさぼさのみつあみに、メガネ。

それで変身したつもりだったが、甘かった。

校門の周辺には、ものすごい数の人が集まっていた。テレビカメラやリポーター、カメラマン、近所のおばさん……焼きもろこしとタコヤキの出店まである（ってそれは単に学園祭の出し物だった）。

ダッサいカッコしたあたしが、そそくさと校門を入っていくと、「あ、立花美姫ちゃん登場です！　ミキティ～」と芸能リポーターが突撃してきた。うわ～～っとほかのリポーターも押し寄せる。

「ミキティ、俳優A君との熱愛発覚についてひとこと！」

「十六歳でデキ婚といううわさは本当ですか!?」

げっ。ちょ、ちょっと待てそんな……。

『立花美姫・緊急出演！　悪徳開発業者に立ち向かう、所属高校のファッションショー！』ってマスコミ関係に手書きのファックスを送りはしたけど、どこでそうなったんだ!?

「はいはい、立花美姫は十三時からのショーに出演します。インタビューはそのあとでお受けしますんで」

リポーターに囲まれたあたしの前に、突然割って入ったのはワンダだった。

ワンダはリポーターの突撃をかわすようにして、乱暴にあたしの肩を抱き寄せた。

うわっ。

ちょ、ちょっと待ってそんな……み、みんなの前で⁉

ワンダはあたしの耳もとに口をぎりぎりに近づけて言った。

「このまま校舎に向かって走ります。いいですね？」

「あれっ⁉　俳優A君じゃないの⁉」

どっかのボケリポーターが叫んだ。わあっと人波が押し寄せる。

あたしは走った。ワンダにしっかりと肩を抱かれて。

あたしたちの足は、二人三脚の紐《ひも》で固く結ばれてるみたいに、ぴったり同じリズムで地面をけった。

校舎まで、ほんの２００m。

なんなんだろう。あたしは空を飛んだみたいな気分になった。

開幕！


二階の突き当たりの化学室。入っていくと、女子たちがきゃあきゃあ言いながらメイクの準備にかかってるところだった。

「あ、ミキちゃんやっと来てくれた！　んもう、おっそいじゃないの～～～！」

かん高い声を出したのは、ヘアメイクアーティストのテツオさん。業界きっての超やり手ヘアメイクだ。たぶん正真正銘のオトコだと思う。確信はないけど……。

「ぴっちぴちのシロウト高校生のメイク、やってみない？」と持ちかけたら、「きゃっ、やるやる、やるぅ～～」とソッコーすてきなお返事だった。

「ちょっとあたしマジで鳥肌立っちゃった」

と、テツオさんがひそひそと言う。

「でしょ？　ほんものの高校の教室に潜入するなんて、なっかなかできないもんね。しかもシロウト女子高生だらけ……」

あたしがそう返すと、

「なにおっさんみたいなこと言ってんのよ！　あたしが言ってんのは作品のことよ。今回のショーに出る作品」

ビートがデザインした服のことだ。プロのテツオさんが、ちゃんと『作品』と言ってくれた。なんだか、うれしい。

「すんごいぞくっとしたわ。ビート君って、ものすごいポテンシャルをもった子ね。それに彼、ちょっとあたしの好みかも……」

げっ。ま、マジで!?

「うわあ、テツオさん、すんげえカッコいいメイクですね。え、この子イケダさん!?　こっちはハヤシダさん!?　うわっ、タムラさんもだ。やべっ、みんな超きれいすぎだよ!!」

教室をのぞいたビートは、たちまち興奮モードになった。ビートにほめられて、女子たちはみんなてれくさそうだ。でもって、まじにかわいく見えてしまう。

うっ。こりゃ負けられんぞ。

十二時五十七分。

「三分前。準備はいいですか」

教室のドアを少し開けて、ワンダが外から声をかけてきた。ビートは黙って親指をぐっと突き出した。あたしはいつもショーのまえにそうするように、軽く目を閉じる。

さっさと終わりますように。

いつもそんなふうに、あたしは祈っていた。

でも、今日は違う。

このショーが、なにかを変えるきっかけになりますように。

あたしたち、ひとりひとりの力はきっとすごくちっぽけだ。

何十億円ものお金を持った、百戦錬磨の開発業者なんかに、きっと太刀打《たちう》ちできないだろう。

こんなことをしたって、結局なんにも変わらないかもしれない。

それでもあたしたちは、こうすることを選んだ。

あたしたち自身で。

あたしたちのポテンシャルが、最大限に輝きますように。

「十秒前。9、8、7、6、5、4、3……」

メイが片手を高く上げて、指折りカウントダウンする。

あたしは小さく息を吸った。


ビート、ワンダ。みんな、お願い。

あたしを遠くまで連れてって。

そしたらあたし、きっと、もっと輝く。


だから、お願い。

見ててね、ママ。


それは、たった二十分かそこらのできごとだった。

このさきまだまだ続くだろうあたしの長い人生の中の、ほんの小さな一瞬。

だけど、この二十分は、たぶん死ぬまで、参加した全員の記憶に焼きつくだろう。

アップテンポのビートが、校舎の長い廊下に響き渡る。

ひとり、またひとり。二階から階段を軽やかに下りて、モデルになった生徒たちが廊下をさっそうと歩いていく。

廊下の両脇をうめつくした、信じられない数のカメラが回り、フラッシュが光を放つ。

廊下はカンペキなランウェイになっていた。

あたしがランウェイの端に現れた瞬間、「おおっ」というどよめきが起こった。一歩足を踏み出すごとに、ものすごいフラッシュ。ポーズを決めるたびに、まき起こるため息の嵐。

もう一度ランウェイを戻って、二階へ上っていく。

ものすごい勢いで次の服に着替える。また、出ていく。

凝縮された瞬間の連続。あたしは夢中で歩き、ポーズを決めた。

最後にあたしが身に着けたのは、真っ白なドレス。

高校生だから、花嫁じゃないんだけど、ほんもののファッションショーで最後に出てくる「マリエ（ウェディングドレス）」そのままに、ビートが演出してくれたのだ。

あたしが現れると、わあっという歓声が上がり、激しい雨のように拍手が鳴り響いた。あたしは笑顔のままで、最後のポーズを決めたつもりだった。

それなのに。

なんでだろう。あたしのほっぺたは、雨に降られたみたいにぬれていた。

あたしはめちゃくちゃに泣いていた。

泣いてしまって、笑顔も、大事な最後のポーズもキマらなかった。

ランウェイを囲む、笑顔、笑顔、泣き顔、笑顔。

ひとつだけあった泣き顔は、ママだった。


「……ママ!」

あたしはランウェイを飛び出して、ママに抱きついてしまった。

「きれいよ、美姫。いままでで、いちばんきれい」

ママは泣きながらあたしをぎゅっと抱きしめた。

ばかみたい。

ばかみたいだ、あたし。

涙でくしゃくしゃになりながら教室に戻ると、入り口でメイとアンナが待っていた。

あたしは泣き顔を見られたくなくって、顔をそむけた。

「ミキティ。ヤバいよ。泣き顔まで超きれいなんだもん」

そう言って、メイはぽろぽろと涙をこぼした。

アンナも泣いてる。教室に入ると、あたしを待っていたかのように、全員が思いっきり拍手をしてくれた。

ちょっと待って。あったかい拍手、まじにうれしいけど。

この拍手は、あたしだけのものじゃなくて。

みんなのものだよ。

そして、誰より、ビートのための。

「ねえ、ビートはどこ？　どこにいんの？」

あたしは指先で涙をふくと、教室じゅうを見回した。

「あれ？　さっきまでいたんだけど……」

ゴウダが言う。あたしはぎょっとした。

自分のことがせいいっぱいで、ぜんっぜん気づかなかったけど、なんかゴウダめちゃくちゃキメてね!?

ゴリラというポテンシャルを最大限に引き出してる。さすがビート……。

って感心してる場合じゃない。

「会場、すごい拍手です！　デザイナーコール、かかってます！　ビート、早くランウェイに出て！」

ワンダが飛び込んできて、興奮ぎみに叫んだ。

「それが、なんか急にいなくなっちゃって」

メイが不安そうな声を出す。

「こっそり出てったわよ。階段上ってくの見たけど。……大役、果たしたからね。ひとりになりたいんじゃないの」

ふっと笑って、テツオさんがシブいことを言う。あたしとワンダは顔を見合わせた。

「ツカモトさんとアキカワさん、会場の拍手が途切れないようにあおっといて。おれ、ちょっと行ってくるから」

ワンダはメイとアンナにそう言って教室を飛び出した。あたしもドレスのすそをめくり上げてあとを追う。階段三段飛ばしで、あたしたちは屋上へかけ上がった。

青い画用紙みたいな空を背景にして、ビートは屋上の風の中にぽつんとたたずんでいた。

「ビート！」

あたしは思わずかけ寄った。そして、思わずビートに抱きついてしまった。てか抱き寄せてしまった。

あたしより身長マイナス20㎝のビートは、あたしの胸に顔をムギュッとされて

（まな板なんでほんとはゴリッて感じだが）、両手をばたばたさせている。

「ちょっ……ミキちゃん、く、くるし……」

「やだっ、ビート！　ひとりでいっちゃやだ！　あたしたちみんな、ビートのことが大好きなのに！　ひとりで先にいっちゃうなんてなしだよ！」

って何言ってんだあたし。

ビートは飛び降りようとしてるわけでもなんでもなかったが、なんかノリで悲劇のヒロインやってしまった。

「ビート、会場はすごいコールだよ。みんな、ランウェイに君が出てくんの、待ってるんだ」

ようやくあたしのあっつい抱擁から解放されて、ビートはポリポリと頭をかいた。

「おれ、行かないよ」

「なんで⁉」

ワンダとあたしは、同時に叫んだ。

「ショーは、みんなのものだろ。みんなの力があったからできたんだし。なんかおれが最後にキメるのは、違うと思う」

「おじいさんと親父さん、一緒に来てるんだよ。それでもか？」

ワンダの言葉に、ビートの細い肩が一瞬、ぴくりと動いた。

「今日、ショーのまえに受付で、親父さんおれにあいさつしてくれたんだ。『あんな息子だけど……よろしく頼みます』って、頭を下げて」

ビートは下を向いていたが、くるりと向きを変えて、階段ではなく手すりのほうへすたすたと歩いていった。あたしが追いかけようとすると、ワンダの手があたしの手をつかんだ。

あたしはどきっとした。

ここは見守りましょう。

真剣な目がそう言っている。

ビートは手すりから校庭をながめているようだったが、突然「あ」と短く叫んだ。

あたしとワンダはまた顔を見合わせて、急いでビートのところへ走っていった。

ビートは手すりから身を乗り出して、校庭の一点をみつめている。

校庭のちょうど真ん中あたりを、全身黒ずくめの女性が歩いていくのが見える。黒い帽子、黒いロングドレス。こんなに離れていても、ものすごいオーラを放っているのがわかる。

「もしかして……」

そうつぶやくと、ビートは急に階段に向かって走り出した。

ワンダとあたしは、あわててそのあとを追う。

あたしが最後に登場してから、もうずいぶん時間がたってしまった。それなのに、廊下をうめつくした人々は、一歩も動いていなかった。

アンコールの拍手をずっと続けて、デザイナーの登場を待っていたのだ。

ビートは階段をかけ下りて、ついにランウェイに登場した。わあっと歓声が上がる。

ものすごい拍手の嵐の中を、ビートは一瞬でかけぬけた。

「あ、デザイナーのミゾロギ・ビート君の登場です！　十五歳の天才デザイナーの誕生です！　ビート君、感想をひとこと……」

リポーターがマイクを突き出す中を突破して、ビートはそのまま校庭へ走っていった。

「ビートっ!?」

あたしは白いドレスをまくりあげて、必死にあとを追った。

「おっと、さてはミキティの本命は彼だったのか!?　カメラさん、追って追って!!」

なだれのようにリポーターとカメラが追いかけてくる。

「み、ミキティーっっっ!!」

異様にキメたアラカワまで追っかけてくる(殴)。

ビートはようやく、校門のところで立ちどまった。

黒ずくめの女の人が乗りこんだ黒いベンツが、遠く走り去るのが見えた。

奇跡

ショーの次の日、あたしは十六歳になった。

でもって、奇跡、っていうのが、びっくりするくらい突然に、あっけなく起こってしまう、ってことを知った。

ショーはコワいくらい大成功だった。

一夜明けると、あたしたちの学校、青々山学園は、日本じゅうの人たちが知る学校になっていた。

学校にはマスコミが殺到し、校長は朝からニュースにタヌキな顔をさらして、汗だくになってインタビューに応じていた。

「学園が開発業者に売り払われるというのは本当ですか!?」

「巨額のワイロを贈られたという疑いは!?」

「天才デザイナービート君とミキティの関係は!?」

「肉まん類の買い食い禁止令は事実ですか!?」

いつものように車であたしを送ってくれたママは、学校の近くまで来ると言った。

「どうして美姫が学校に一生けんめい通い始めたか、ママやっとわかったわ」

あたしはママの横顔を見た。いままで見たこともないような、おだやかな笑顔だった。

「すばらしいクラスメイトに恵まれたのね。ファッションショーがあんなに楽しくてドキドキするものだなんて、ほんとに知らなかった。それに……」

ママはきらっと目を光らせる。

「デザイナーのあの子。ママ、息子にほしい……」

ま、ママ!?

「いい？　なにがなんでも落とすのよ。なんならソッコー結婚したっていいんだからね。あ、でも、デキ婚はカンベンね」

ちょっ……なに言ってんだこの母は!?

「む……無理だよ！　だってビートはまだ十五歳だもん!!」

って、そういう問題か!?

とっておきの奇跡は、その朝、教室で起こった。

すっかり疲れてぶっ倒れてたんだろう、始業時間ぎりぎりにビートが現れた。

「うぃーーーッス」

と、ビートが教室に入ってきたとたん、ごく自然に「おおーっ」と声が上がり、拍手がまき起こった。ビートはてれくさそうに頭をポリポリしてる。

「ビート、おれさあ……きのう中坊んときの後輩が見にきてて……コクられちった」

いきなりゴウダが言ったので、女子全員「ええーっ!?」と合唱した。

「あ、お、おれもっす」

とアラカワまでがもじもじと言う。

げっ。マジで!?

「あの……ヘアメイクやってた人に……（ポッ）」

え!? ってことはテツオさん!? ビートがタイプなんじゃなかったっけ!? 守備範囲広すぎ……。

「なんか、よかったよね」

と、メイがうれしそうに言う。

「あのショーのおかげで、クラスみんながひとつになれたっていうか。もうサイコー幸せになれた、って感じで」

「そうそう。みんな超おしゃれになったしね」

アンナも満足そうに言う。

「なにより、やればできるってこともわかったし。みんなで力を合わせれば」

始業のチャイムが鳴って、ヤマサキが入ってきた。そして、いつもと変わりない一日が始まる……はずだった。

「ビッグニュースがある」

ヤマサキは、教室じゅうに響き渡る声で言った。

一瞬、教室はしーんとなった。

まさか、校長がキレた？　それとも……。

「廃校中止だ」

え？

全員、ぽかんとヤマサキの顔をながめた。ヤマサキはもっと大声を出した。

「この学校はなくならない。お前らの勝ちだ」

……って……。

「やったあああああーーーーっっっ!!」

ゴウダが雄たけびを上げた。とたんにうわあっ、と教室じゅうが揺れるような雄たけびを全員が上げた。

メイとアンナとあたしは、きゃあーっ！　と叫んで抱き合った。

「マスコミの集中砲火を校長と開発業者が浴びたこともあるけど……それ以上のすごい奇跡が起こったんだ。そのうち、話す。とにかくいまは喜んでいいぞ！　ほら、ほら、もっと喜べ喜べっ!!」

もう、まるで祭りだ。

ねぶた祭りと博多どんたくとよさこい祭りとリオのカーニバルがいっぺんに始まったみたいだ（全部行ったことないけど）。

ワンダは立ち上がってビートのそばまで行くと、右手を上げた。ビートも右手を上げて、ふたりでぱちん、とハイタッチした。

「やったな、ビート」

「ははっ、ほんとだ。やっちまったあ」

あたしたちは全員でビートを囲んだ。ゴウダとアラカワがひょい、と両脇からビートを持ち上げた。おみこしに乗せられたみたいに、ビートはふたりの肩の上で危なっかしく揺られて笑っていた。

そして、あたしたちは少しあとになって、ヤマサキにこっそり教えられた。

ほんとうの奇跡。それは、ショーの当日、学校に巨額の寄付が届いたことだった。

それが誰によるものなのか、あたしたちが知ることはなかったけれど。

オファー

学校が存続することが決まった翌週。

ママとあたしはめずらしくツーショットで、あたしの所属モデル事務所の社長に食事に誘われた。ママは出かけるまえからかなり緊張していた。

あたしが事務所に無断で学校のショーに出たことで、きっとすごい文句を言われる。

ママもあたしも、そう予感していた。

「ママ、ごめん。もし社長に怒られたら、全部あたしのせいだから」

最悪クビになることを覚悟しながら、あたしはすなおにあやまった。

でも、あたしはちっとも後悔なんかしてない。

あのショーを経験してなかったら、あたしはこんなふうにすなおにママにあやまれなかった。

あのショーで、あたしは変わった。学校も変わった。

みんなが、変わったんだ。

「なに言ってんの。あんたはなんにも気にしなくていいから。ママに任せといて」

ママはむりやり笑ったけど、顔は青ざめていた。

あたしたちは表参道のフレンチレストランで、社長のミナコさんと向かい合った。

「ミキちゃん、さすがよね。セルフプロモーションだったんでしょ？　こないだのショーは」

あたしたちの予想に反して、ミナコ社長はにっこにこで、目が飛び出るくらい高いワインを注文して、あたしにはフレッシュメロンジュースまで注文してくれた。

「あのショーのおかげで、どんどん仕事が入ってきてるわよ。これから忙しくなるから、覚悟してね。さ、なに食べる？　牛フィレ肉のパイ包み？　仔羊の赤ワイン煮込み？　ケンタッキーのフライドチキン？」

あたしとママは顔を見合わせた。

マスコミの大騒動のおかげで、驚いたことにあたしの株は急上昇してしまったのだ。

ものすごい勢いで仕事が入ってきていると言う。なんとドラマ出演の話まで。あたしはメロンジュースでむせてしまいそうになった。

「これからはあんまり登校できなくなるわよ。ま、あの学校も知名度も上がったことだし、来年はミキちゃんが行かなくても入学申し込みはいっぱいあるんじゃない？」

ミナコ社長は涼しい顔で言う。あたしがなにか言い返そうとすると、ママがさえぎった。

「申し訳ありません。我が家の教育方針で、学校を優先させていただきます」

あたしは耳を疑った。

ママが、あたしの気持ちをそのまま伝えてくれてる。

いままで、そんなことありえなかった。

ミナコ社長は黙って皿の上でステーキを刻んでいたが、突然、ざくっとぶ厚い肉にナイフを突き立てた。あたしたちをじろっとにらむ目は、白目の面積のほうが多い。

こ、コワい……。

「とにかく。ぜえったいに受けてもらわなきゃならない仕事がきてんのよ。わかってるわねミキ。ええ？」

そういえば、社長は若いとき茨城では有名なヤンキーだったと聞いたことがある。

「そ、それはどのようなお仕事で……」

急にママが下手《したて》に出た。うっ、軟弱すぎ。

「驚かないで。日本でいちばん売れてるアパレル企業が、ミキちゃんを専属モデルにしたい、って言ってきたのよ。新しいブランドを立ち上げるから、そのメインキャラクターにしたいんだって」

あたしはぎくっとした。まさか……。

「どこの会社ですか」

すぐにママが聞いた。ミナコ社長は、ふふん、ともったいぶって笑った。

「『ワールドモード』よ。名物社長の安良岡覧が、じきじきにミキちゃんを指名してきたの」

ワールドモード。やすらおか、らん……。

パク・ジュンファを引き抜いた、ビートのパパのライバルだ。

あたしは身を乗り出して、「お断りしま……」と言いかけた。が、ミナコ社長にすぐにさえぎられてしまった。

「ミキちゃん。近々、学校のショーのデザイナーの子、紹介してもらえない？」

あたしは一瞬、身を固くした。

「安良岡社長が興味をもってるのよ。新しいブランドのデザイナーに、ばってきしてもいいんじゃないか、って」

会いたい

次の日。

あたしはミナコ社長と一緒にWM《ワールドモード》の安良岡社長に会いにいくことになった。

ビートパパの会社のライバル社、WM。ビートパパが見出《みいだ》して、一流のデザイナーに育てた韓国人デザイナー、パク・ジュンファを大金で引き抜き、ビートパパを窮地に立たせた男、安良岡。

そんな男の新ブランドのモデルを、なんであたしがやんなきゃなんないの？

しかも、ビートをデザイナーにばってきしたい、なんて。

そうとう、見る目あるヤツじゃん。

いや、そうじゃなくて。

そんなの、あたしたちが受けるわきゃないじゃん。

学校の教室くらい広い社長応接室に通されて、あたしよりミナコ社長のほうがよっぽど緊張してる。

「いやあ、よくいらっしゃいました。会えてうれしいよ、ミキティ」

初めて会った安良岡覧は、想像以上にイケてるおっさんだった。カネとカオで若いムスメをいまだにだましてる、って感じの。

いやいや、あたしはだまされませんよ。

「ほんとうにこのたびは、大変光栄なお仕事をご依頼いただきまして……」

若いムスメどころか、ミナコ社長まで目をハートにして、異様にすりよってる。

話が始まるまえに、ケリをつけてやる。

「お断りします」

あたしはソファから立ち上がって、いきなり言ってやった。

「あたし、これからもっと勉強して大学も行きたいんで。仕事はもっと減らすつもりです。だから、今回の仕事は……」

「ちょっ……な、なに言ってんのもうっ!」

ミナコ社長があわててあたしを引っ張って、ソファに座らせた。安良岡はふうん、というようにあたしをまじまじとながめている。

まるで商品を品定めするような視線に、あたしはよけいにむっとなった。

「あたしもビートも、どっかの韓国人デザイナーみたく、お金や権力にはびくともしませんから」

「み……ミキっ!?」

ミナコ社長は気絶しそうになってる。あたりまえだ。業界では絶対に踏んじゃいけない地雷を、あたしはわざわざ自分から踏みにいったんだから。

安良岡は、ふっと笑って「おもしろいね」と言った。

なんなんだその余裕は。

「キミの大好きな学校だけどね。あそこを開発しようとしてた会社……街中開発、って会社だけど……私の弟が経営してるんだ」

えっ。

あたしは一瞬、凍りついた。

「キミやそのビート君とやらが、あんまり一生けんめいなんでね。弟に言って、撤退してもらったんだけど。どうするかな。もう一度、けしかけてみるかな」

……うっ。

こ、このおっさん……。

「それに、ビート君とやらは、どこぞの落ちぶれたアパレル企業の幹部の息子だぞうじゃないか。きっと将来、いいデザイナーになるんだろうなあ。もっとも、その将来をつぶすことなんて、私にとっては鼻毛を抜くより簡単な話なんだがね……」

………。

その日の夜、あたしはワンダにメールした。
コワくって、さびしくって、どうしようもなかった。
誰かの声が聞きたかった。
誰かに助けてほしかった。
ママには言えない。ビートには、もっと言えない。
メイやアンナに言ったら、泣き出してしまうかもしれない。
どうしよう。
あたし……。

『会いたい』
ひとことだけ、ワンダにメールした。
すぐに返事がきますように。

祈ったけど、返事はなかった。
あたしはベッドの中にうずくまって、ケータイを握りしめていた。
ふと、ケータイにブルーのランプがともる。
三十分たって、ようやくワンダから返事がきた。
『来ましたよ』
ひとことだけ、あった。
あたしはびっくりして、ベランダに出た。
ケータイの白い画面が、暗闇の中で揺れてるのが見える。
「ワンダ!?」
あたしは外へ飛び出していった。
「どうしたんですか。なにかあったんですか」
ワンダは肩で息をしている。こんなに遅くに、走ってきてくれたんだ。
あたしのために。
急に涙がこぼれそうになった。
あわてて首を振ると、あたしは言った。
「ううん、なんでもない。なんかちょっと、コワくなっちゃって。このまえのショーも、学校のことも、なにもかもうまくいきすぎて……」

「ポテンシャルですよ。あなたのポテンシャルが、成功を生みだしたんです。ちっともコワいことなんかじゃない」

あたしはワンダを見た。やさしい目が、じっとこっちをみつめている。


ああ、あたし……。

いま、気づいた。

あたし、ワンダのこと……。


「ありがと、わざわざ来てくれて。なんか、元気になったよ」

あたしはわざと元気のいい声を出した。ワンダはにっこり笑ってうなずいた。

「よかったです。また、いつでも呼んでください。すっ飛んできますから」

そう言って、ワンダはいま来たばかりの夜道を走っていった。


あたしはその後ろ姿が遠ざかるのを、少し猫背の広い背中を、いつまでもいつまでもみつめていた。

運命の出会い……

運命の出会い……。

だろうなあ、きっと、これ。

相手オトコなんだけど……。

おれの名前は犬田悟。

通称ワンダ。

かつてはクラスの飼い犬だった、情けねーヤツ。

でもって、いまは、自分で言うのもなんだけど、遠目に見ればジャ●ーズ系に見えなくもないような気がしないでもないかもしれないってオトコ。

そしておれが「運命の出会い」を感じてしまったヤバいヤツ。

それが天才的なファッションセンスをもつオトコ、ミゾロギ・ビートなんだ。

おれはビートに出会うまえ、世界を一方的に呪うパソコンオタクだった。

あんまし言っちゃヤバいんだけど、じつは高度なハッキングもしてた（政府筋のコンピュータに潜入して、エロメールを送付してやったりもした）。

いまだから言うけど、ガッコウのネットワークにも潜入して、おれを犬扱いしてたゴウダやアラカワの通信簿をオール1にしてやった（ってかそうする前からすでにオール1だった。だからオール0に格下げしてやった）。

さらにいまだから言うけど、タチバナミキのヌードも（ただし○歳時でおむつ付き）、ゲットしてこっそり秘密のドキュメントに保存したりしてた。

あーーーーーーーーっっっっ!!　おれはかなり情けないオトコだったんだあ〜〜!!

そう、ビートに出会うまでは。

ビートが転校してきて、最初に変わったのはおれだ。

引きこもりだったおれを救いにきてくれたヤツ。でもって、おれのポテンシャルを全開にしてくれたすげえヤツ。

「お前はすんげえポテンシャルがある」って、あいつは言ってくれたけど、その言葉、そっくりそのまま返すよ、って感じ。

あいつのおかげで、クラスじゅうの仲間が変わった。ガッコウも存続することになった。うちの担任も、マスコミの取材を受けたことをきっかけに、来年からテレビ局に転職することになった（長年の夢だったらしい）。ゴウダとアラカワにはカノジョもできた（アラカワのカノジョは年上のオトコというウワサだ）。そして、女の子はみんな、サナギから抜け出した蝶みたいに、突然きれいになった。

特にタチバナさんは、輝くようにきれいになった。

もともときれいだったけど、どうしてあんなにきれいになったんだろう。

もはや、おれなんて一歩も近づけなくなってしまったような。

学祭の前後は、タチバナさんにあれこれ急接近してしまった。おれとしてはドキドキをかくすのがせいいっぱいだったけど。

なんかもう、これ以上接近はヤバいかもしれない。

これ以上接近したら、おれ、彼女になにするかわかんねー。そんな気がしてた。

そんなとき、タチバナさんから『会いたい』ってメールがきた。おれは超ビックリして、彼女の家まですっ飛んでいった。正直、ちょっと期待もした。

かつては女王様と下僕の関係。

絶対に近づけない、遠い星のような女の子。

でもいまなら、もしかして……。

結局、おれはなんにもできずに、顔を見ただけで帰ってきてしまった。

ズッキズキの気持ちをどうすることもできなくて、そのままビートの家に向かう。

「ちょうど晩飯するとこ。食ってく？」

ビートは明るくおれを迎えてくれた。

学祭のまえに、クラスみんなでつめてた「裁縫道場」。いまはもとどおりダイニングに戻った場所に、なんとビートの親父さんがいた。

「やあワンダ君。このまえはありがとう。おかげでいいもの見せてもらったよ」

ビートの親父さんは、すらっと背の高いイケメンおやじだ。ビートのじいちゃんはみんなに「子泣き師匠」って呼ばれてたくらい、子泣きじじい系のサイズだ。こういうのを隔世遺伝《かくせいいでん》っていうんだろうか。

ビートはひさびさに早く帰ってきた親父さんのために、必死に料理してる。

いいよなあ。ファッションセンスバツグンで、料理のうまい、親父孝行なオトコ。

おれが女なら即惚れだな……。

と、つくづくビートの後ろ姿に見とれていると、

「こいつ、少しは変わったかな？」

と、親父さんが言う。

おれは「え？」と聞き返した。

だって変わったのは、おれらのほうだし。

「こいつ、山梨にいるときはかなりガンコ者だったらしくて。こっちに来るのもそうとういやがってたらしいけど、とうとう根負けしたんだ」

親父さんが笑って言う。

ビートは手早くテーブルに皿を並べながら、

「人聞き悪いこと言うなよな親父。こうやって三食作ってやってんだから、感謝してほしいよ。ったく」

とぶつぶつ言ってる。

「こっちに来たくなかった理由って？」

おれはさりげなく聞いたつもりだったが、ビートと親父さんは同時に黙りこんでしまった。

あれ？　おれなんか踏んだ？

地雷、とか……。

衝突

ビートの親父さんと晩飯食ってから、ビートとおれはビートの部屋に行った。

「うわっ、なんだこれ……寝る場所もないじゃん!?」

ビートの部屋は、このまえの学校のショーのために作った洋服がぎっちりとつめこまれていた。

「これでも半分に減らしたんだけどなあ。あとの半分は山梨のじいちゃんちの倉庫に入れてもらって」

ベッドの真上につってあるのは白いロングドレス。これってショーの最後にタチバナさんが着たマリエ（ウェディングドレス）じゃないか。

なんでベッドの真上につってあるんだろう。

まさかビート、これを毎晩見ながら（または抱いたりしながら……）。

妄想しかけて鼻血が出そうになるのを、おれはようやく止めた。

「なあビート。ほんとは山梨から東京へ出てきたくなかったのかよ？」

むりやり話題を変えてみた。

おれの質問に、ビートはため息をついた。

「じいちゃんと親父のあいだで、ややこしい話になってさ」

「ああ、たしかまえに聞いた気がする。師匠（ビートじいちゃん）のテーラーを継ぎたくないって、親父さん東京に出てきたんだよな。でもこのまえのショーのとき、一緒に来てたけど？」

ビートはもうひとつ、ため息をついた。

「ショーが終わってから両方に聞いてみた。一緒に来てたんだろ？って。でも、両方に『そんなわけないだろ』って言われたよ」

おれは驚きをかくせなかった。

親父さんと師匠はたしかにそろってショーを見に来ていた。でも、言われてみればそれぞれ、廊下の東のはじっこと西のはじっこにいたかも……。

「まあ、なんとかなるだろ。おれらが山梨に帰りさえすれば」

え？

おれはビートを見た。ビートはこっちを向かずに、ぎゅうぎゅうづめに洋服が下かかった。


「……ってどういう意味だよビート？」

　いま、たしかに「山梨に帰りさえすれば」って言った。おれはビートに食ってかかった。

「まだ転校してきたばっかだろ。帰るってどういうことだよ!?」

　ビートは黙ったままだったが、しばらくして言った。

「まだわかんねえよ。でも、もしも親父の会社がこれ以上ヤバくなっちまったら……」

　そういえば、ビートはまえにも言っていた。親父さんの会社は、倒産寸前だって。

　それを食い止めようと、昼も夜も働きづめなんだって。

「ヤバくなったら、親父さんとふたりで山梨に帰るのかよ!?　だって親父さんと師匠は仲わりィんだろ!?　一緒の家に住まわせちゃだめなんだろ!?」

　ってカブトムシVSクワガタじゃねえぞ。いやサメVSシャチか。

　てかどっちでもいい。とにかくおれはあせった。

　せっかくクラスがひとつになれたのに。

　せっかくタチバナさんが泣きたくなるほどきれいになったのに。

せっかくおれがジャ●ーズもどきの顔で今後の人生をエンジョイするっつう矢先に。

「じいちゃんはおれの師匠でもあるし、もともとは親父の師匠でもある。だから、最後はじいちゃんのテーラーを親父が継いで、おれがそれを手伝うっていうのは自然だろ」

……最後？

「最後って……最後ってなんだよ？　最後じゃねえぞ、おい」

ビートが「最後」と言ったのが、おれはどうしても気にくわなかった。

だってなにもかも、始まったばっかりじゃないか。

おれたちの関係も、再起動した学校も、おれとタチバナさんも（ってそれはべつに始まってないけど）。

ビートはおれを見ようとしない。自分の未来を、ミョーに消極的に予測するなんて、ぜんぜんビートらしくない。

「なんかヘンだよ。なんでそんなに後ろ向きなんだよ、ビート」

「後ろ向きなんかじゃねえよ。おれら親子は、東京にいるより、どっちにしろ山梨に帰ったほうがいいんだ、きっと」

「そういうのを……そういうのを『都こんぶ』って言うんだよ！」
おれは叫んだ。ビートはメガネの奥の目をまん丸にしておれを見ている。
おれは自分のキメゼリフが空転してるのをすかさず感じた。
「それ、『都落ち』……のこと？」
はっ！　……そうだった。
最近読んだ『NARUTO』に出てたかな、と思いながら言ってみたんだけど。
いや、『BLEACH』だったっけ……。
ビートはようやく声を上げて笑った。
おれはちょっとほっとした（ナイスボケ、おれ）。
そして次の瞬間に、もしかするといまがチャンスかもしれない、と急に思った。
学校でのショーが終わってから、ずっと言いたかったこと。それを言うチャンスかも。
ビート。
好きだ……。
……いやいやいやいやいや。じゃなくて。
おれは思いきって言った。

「なあ、ビート。おれらのポテンシャル、どこまでのもんか試してみねーか?」

ビートは笑うのをやめて、こっちを向いた。

おれはずっと思ってたことを、とうとう口にした。

「おれらのファッションブランド、立ち上げてみねーか?」

決意

ビートがデザイナーになって、おれら自身のファッションブランドを作る。

それは、ショーをやってみて、おれが密かに思いついたことだった。

たった二ヶ月かそこらで、モードのすべてを知った気になんかなっちゃいない。

でも、モードのすべてを知りたい気持ちになったんだ。

おれは正直に、自分の気持ちを打ち開けた。

「おれ、最初ビートのこと、ヘンなヤツって思ってたよ。だってオトコのくせにやたらファッションにくわしくて、しかも自分で服も作っちゃうなんてさ……オトコのくせにリリアン編みに興味がある、ってのと同じかな～くらいに思ってた」

そういえばカノジョの影響らしく、最近アラカワが休み時間にリリアン編みやってんのを見たな……。

ま、それはいいとして。

「でもさ。なんつーか、お前がよく言ってる『モード』の世界は、すんげー深くて、きれいで、めちゃくちゃおもしろいって気がしてきたんだ。パソコンの世界よりも人間くさいってか……うまく言えねーけど、生きてて血が通ってる。そんな感じがする」

ビートの顔に、笑みが広がるのが見えた。おれの言葉が響いてる証拠だ。

「まだおれはモードの世界の入り口に立ったばっかだし、エラソーなこと言えねーけど。とにかくお前と一緒に、行くとこまでいってみてー！　って感じで」

ビートは腕組みをして聞いていたが、ミョーに落ちつき払って言った。

「おれ、か・な・り・遠くまでいくぜ。いいわけ？」

キタッッッ。

おれは飛びはねるように立ち上がった。

「ったりめーだろ！　おれだってスーパーパタンナーになってやるよ。で、超かっけー服ごっそり作って、世界じゅうのスーパーセレブに着てもらって」

「タチバナミキにも、だろ？」

ううっ。イタいとこ突いてくんなこいつ。

おれはかあっと赤くなってしまった。ビートはおれの顔を見ておもしろそうに笑った。

「ったく。笑ってんじゃねーよ」

おれがぶつぶつ言うと、ビートは、「いや、ワンダほんとに変わったな、って思って」と返した。

「モードってすげーな。人生変えちゃうんだもんな。おれ、もっと遠くまでいってみてーよ。お前らと一緒に」

ビートの言葉に、おれは思いっきりうなずいた。

「おお、いってみようぜ。いけるとこまで」

おれは右手を高く差し出した。ビートはジャンプして、ハイタッチした。

わかってる。

おれらはまだ十五歳。ガキにちょろっと毛が生えた程度の、子供と大人の真ん中にいる。

だけど、だから夢みることも許されるし、その夢を夢で終わらせないことだってできるんだ。

それを教えてくれたのは、ビート、お前だ。
ビートはスケッチブックを広げて、書きためたファッション画をおれに見せる。
メガネの奥の目が、やばいくらいにキラッキラになってるのがわかる。
今度はこいつのポテンシャルを全開にさせてやる、とおれは密かに誓う。

なあ、ビート。
どうせやるなら、目指すは日本一のデザイナーだろ。
いや……いずれは世界一。
いやいやいや、太陽系一。
いやいやいやいや、銀河系一。
もお～宇宙一だあっ！
って戻ってこいよおれ。
とはいえ。
おれと違ってビートは慎重だった。

勝手に太陽系だの銀河系だのまでいってしまったおれだったが、わりとすぐ東京都S区まで呼び戻されてしまった。

「このまえは学校でのショーってゴールがあったし、廃校反対、って明確なメッセージもあったけど、単におれが服作ったところで即ブランド立ち上げ、ってことにはならねーよな」

ま、そりゃそうだ。

そこでおれは、とっておきのカードを切った。

「じつはさ。あのショー、けっこうマスコミに取り上げられただろ。それでなんと、ビートのデザインに興味ある、ってアパレル企業が何社かコンタクトしてきたんだ」

学校に問い合わせがあったのを、担任がおれに伝えてくれた。いまやおれもビートブランドのプロデューサーとして、担任のヤマサキに一目おかれてるわけで。

いくつかの企業の名前をおれが伝えるのを、ビートは黙って聞いていた。

でも、「ワールドモード（WM）」って名前だけには、「えっ。まさか」と、すごい反応をした。

おれもすでにネットで調べずみだったけど、このWMは業界最大手の企業だ。ここがアプローチしてきたとなると、かなりすごいことだ、とおれにもわかった。

おれはビートの反応を見ながら言った。

「もし冗談じゃなくてWMがおれらと組みたい、ってことになったら……」

銀河系は無理でも、世界制覇くらいは軽くいけるかも。

でもって、タチバナミキをイメージキャラクターにして。どっかどっかと服が激売れして。

おれはベンツに乗ってハマキくわえて、タチバナさんを隣に乗せて、海沿いの道をドライブして……。

……ととっ、また遠くまで行っちゃいました〜。

おれのノーテンキな空想とは真逆に、ビートは暗い表情をしている。おれはビミョーな空気を感じた。

「いや。やめとく」

しばらくして、ビートがきっぱり言った。

「おれはどことも組まない。まず、おれらだけでやってみたいんだ」

始動

そんなわけで週末。おれとビートは山梨県甲府市にやってきた。

ビートの「どのアパレル企業とも組まない」宣言で、おれのベンツ&ハマキ&タチバナさんと海沿いドライブの妄想はあっけなく消え去った。

「あ〜ベンツ運転してえ〜〜〜!!」

甲府駅に着いたとき、妄想の続きをちょびっとだけしてたおれは、つい叫んでしまった。

「ってまだ免許取れねーだろ。高一じゃ」

ビートがあっさり言う。おっしゃるとおりです、はい。

ビートがデザイナーになって、おれがパタンナー兼プロデューサーになる。

世界初十五歳自称ジャ●ーズ系ユニットによるデザインブランドプロジェクトは、

この地方都市で始まることになった。

まずはモードの歩く百科事典＝ビートのじいちゃん＝師匠に教えをさずかるところから始めよう。

ビートの提案はかなり地味ながらもそりゃまあ当然ですって感じだった。

ほんとに、そういうところがビートはすごい。

大企業のオファーをハイハイと受けないとこも大物っぽいし、まずは足もとをしっかり固めようっていうのも、遠回りなようでじつは、いちばん近道かも、って思う。

おれみたいに目先の妄想にかられることなく、好きなものをじっくりきわめる、って姿勢には本気を感じる。

しっかりしろおれ。

ベンツじゃなくてとりあえずＢＭＷだっていいじゃねーか……。

ってかそれ以前に免許取らなきゃ……。

ってかその前に十八歳になんなきゃ……。

などとやっぱり妄想してるうちに、師匠のテーラーに到着。甲府駅北口から徒歩七分の朝日が丘通り商店街に、その店はあった。

言っちゃなんだが、ものっすげーオンボロな店だった。できてから何十年たってんだろう。

仕立て屋とはいえ、いちおうブティック的な店だろ？　なんでこんなボロいの？　とおれは思わず言いそうになって、なんとかのみこんだ。

なにごとも見てくれじゃない。中身で勝負だ……でも最近はちょっとだけ見てくれも大事だと思ってはいる……。

とにかく。

このボロテーラーから、銀河系制覇に向けて始動だっ!!

「おお、ワンダ君。よく来たね。さあ入って。こぶ茶でも飲むかい？」

師匠はおれらが来たことを大歓迎してくれた。銀河系制覇をもくろむおれには、今日の師匠は『スター・ウォーズ』のヨーダに見える。

なんかすげーフォース（力）を使ってくれそうな気がして、たのもしく思えた。

でも、おれらの計画を聞いているうちに、師匠は予想外にどんどんきげんが悪くなっていった。

「まったく、このガキどもが！　お前らはモードをなめとんのかっ!?」

全部聞き終わって、師匠は突然怒りだした。ヨーダが怒るだけでもじゅうぶんびっくりなんだが、仕立て台の上にあった霧吹き（水の入ったスプレーみたいなの）をおれらに向けて、いきなりすこ～ッと吹きつけた。

うわっ!! まじで予想外だこれは……。

「なっ……なにすんだよじいちゃん！ それサムすぎだよ……うわっ!!」

ビートに向かって、すこすこすこ～ッ！ と霧を吹きつける。いつまでもやるので、ビートはグショグショになった。おれはなんだかおかしくなって、とうとう笑い出した。

「いいか！ このぐらいの覚悟がないとやっていけん、っつーことだっ！ 霧吹きでぬれようが、アイロンでやけどしようが、針でさされようが。ああ？ わかってんのかっビート!?」

「あ～っもう！ わかってますって師匠！」

「弱音を吐かん！ わしの制裁は甘んじて受ける！ どうだ涼しいか!?（すこすこすこ～ッッ）」

「はいっ！ 涼しいっす……うわ～っ!!」

あとからビートに聞いたんだけど、霧吹き攻撃はいままでも何度もやられたらしい。

モードに賭けたビートじいちゃんの、きびしくも愛情あふれる教育なんだと。

うちのじいちゃんばあちゃんは、おれに会うと、なんにも言わないのに「悟く～ん、はい、おこづかいね～」ってやたら甘やかす。それはそれでありがたいんだが、ビートじいちゃんはそうはいかないらしい。

でも、なんだかおれはすっかりこのヨーダ……じゃなくて師匠のことが気に入ってしまった。

こういう世の中、ひとりくらいヘンタイ……じゃなくてヘンクツじじいがいたっていい。

よし、とおれは決めた。

この人についてくぞ。

「いいよなあ～。ワンダは霧吹き攻撃受けなかったんだから……」

布を裁断しながら、ビートはぶつぶつ言っている。

「ま、おれはデザイナーじゃないからね。パソコンさえうまくあやつれれば……」

そう言いかけた瞬間、ぱあっと目の前がかすんだ。

「そこっ！　ムダグチをたれるでないっ！」

師匠の霧吹きがおれの目の前にあった……。

高一ジャ●ーズ系デザイナーユニット銀河系制覇またはランウェイにいずれビートが出るぞ計画。

おれの名づけた計画名は長すぎた。なのでちぢめて「ランビー計画」と呼ぶことにした。

とにかく、ランビー計画はのろのろと、いや着々と進んでいた。

放課後、ビートの家でデザインのパターンを起こす。夜は自宅のネットでモード系情報収集。金曜夜から月曜朝までビートじいちゃん＝師匠のテーラーで修業。

着々、のろのろと計画は進み……。

あーーーーーーーーーっっっ!!

ってこんなことやってたら、おれら高一じゃなくなっちまうっ！

でもって宇宙がさらに膨張して、銀河系制覇が難しくなっちまうっ！

つまり正式な計画名から「高二」と「銀河系制覇」を取らなくちゃならなくなっちまうっ！

正直、おれはあせってきた。

年をとればそれだけおれらのウリポイントが減る（いまんとこぴちぴち十五歳ユニットだが）。

まあ、免許取得＝ベンツ取得＝タチバナさん取得には近づくかもしれないけど。

「ビート。あのさあ……やっぱ、企業と組むっての、考えね？」

ある日、ビートの家へ向かいながら、おれはとうとう切りだした。

「おれもだいぶパターンの立ち上げ方わかってきたし、ミシンもバリバリ全開で使えるようになったし。師匠の霧吹き攻撃もめっきり減ったし……そろそろ企業と組んだってイケると思うんだけど」

ビートは涼しい顔をしている。

「じいちゃんの攻撃が減ったのは、こっちに油断させてまたしかけようとしてる証拠だよ。『もう大丈夫』ってときがいちばん危ないだろ。油断大敵、ってやつ？」

まったく、ビートはこんなとき、かっちりオトナなことを言う。

おれがちょっとがっくりするのを見て、ビートがおれの肩をぽん、と叩いた。

「でもさ。おれもそろそろ、ブランド名とかロゴとかあってもいいかな、って思ってたんだ」

おっ。ナイスな提案じゃん。おれはソッコーで賛成した。

「おれも作りたいと思ってた、ってかすでに勝手に作ってた」

「え、マジで?」

おれはうなずいて、スクバに入れていた小型のノートパソコンを取り出す。ファイルを開けて、いくつか作ったブランド名とロゴを見せた。

ぴちぴちふぃふてぃーん☆
イケメン&ジャ●ーズ
銀河系LOVE~時をこえて~
おしゃれ連合(略しておしゃレン)
ヨーダの孫息子たち
ワンダとビートとゆかいな仲間
ベンツ&ドライブ

「…………」

ビートは無言で画面に見入っている。どれがいちばん気に入ったんだ？　気になる……。

「なあこれ、おれらのブランド名だよな？　アイドル系のアルバム曲のタイトルとかじゃなくて？」

ビートが聞いた。ちょっとほっぺたがひくひくしてるような……。

「そ。全部イケてんだろ？　迷っちゃうよなあ～。……あ、ちょい待った。もう一個、あったんだ。これ」

ワンクリックして、おれは別のファイルを開けてみせた。

ランウェイ☆ビート
「あ」

見たとたん、ビートの反応が明らかに違った。おれはすぐにたたみかけるように言った。

「やっぱこれがいいかな？　じつはおれ、これがいちばん気に入ってんだ」

おれが名づけた「ランビー計画」の正式名のなかから「ランウェイ」と「ビート」をぬき出してひっつけただけなんだけど。

「ちなみに、『ビート』はお前の名前でもあるけど、どっちかっつーと『ハートのビート』みたいな、ビートがきいてる感じがいいな、って思ってさ。☆のマークは、ほら、学祭でファッションショーやるって決めたとき……みんなでVサインだして星つくったじゃん？　あれのイメージで」

おれの説明に、ビートは顔を輝かせてうなずいた。

そんなわけで、おれらのブランド名は「ランウェイ☆ビート（略してランビー）」に決定した。

おれらがランビー計画を始めてすぐのころから、タチバナミキが教室に現れなくなった。

女王&下僕時代の習慣が残ってて、おれからメールをするのはなんとなく気が引ける。

ツカモトメイやアキカワアンナも心配して、何度もメールを送っているようだった。が、返事がぜんぜんこないらしい。

「ミキティ、最近どうしたのかなあ。また仕事忙しくなっちゃったのかな」

昼休み、ツカモトさんがまじにブルーな表情でため息をつく。

「学校のショーでまたまた知名度上がっちゃったからね」

アキカワさんがなぐさめモードで言う。

おれもずっと心配だった。最後に会ったのは、『会いたい』ってメールをもらったあのとき。

なにかあったんだろうか。

「せっかく毎日ガッコウに来てくれて、なんかクラスもすごいはなやかになってたのに」

ツカモトさんはあきらめきれずにそう言った。

「ビート君、心配じゃないの？」

アキカワさんがちょっといじわるにふってみた。ビートはコーヒー牛乳を飲んで、平然としてる。

「ぜんぜん」

「え、なんで？　友だちなのに？　冷たすぎ」

アキカワさんが怒ったように言うと、

「友だちだからだよ。ミキちゃんはプロのモデルだろ。いまは仕事を優先すべきだ、って思ってこっちに来ないのかもしれない。友だちなら、あれこれ考えずに彼女の意志を尊重すべきじゃね？」

ビートのあざやかな返答は、おれらを黙らせた。てか、おれはちょっと心配になったくらいだ。

そんなにタチバナさんのことわかってるなんて。

ビート。お前もしかして……？

急接近

十二月に入って、急に寒くなったころ。

ほぼ一ヶ月ぶりに、タチバナミキがクラスに現れた。

「あっら～～ミキティ！　おひさしぶりですぅ～」

アラカワがくねくねと身をよじらせてすっ飛んでいった（こいつはカノジョのせいで最近ぐっと女っぽくなった）。

タチバナさんは見向きもしない。

おれだってすぐにすっ飛んでいきたいのを、ぐっとこらえる。だってそんなことしたら、おれの気持ちがばればれじゃねーか。

この一ヶ月のあいだ、おれは一度だけ彼女にメールした。

元気すか？　おれとビートは自分たちのブランド立ち上げようと修業中！

いつかタチバナさんに着てもらえるような服を作るのがとりあえずおれの夢。なんて（笑）。

こんどガッコーきたらデザインみてほしいな。4649《よろしく》！

おれのベンツで海までドライブしないか？

と書きたいところをぐっとこらえて、健全な十五歳らしいメールにしたんだけど（4649はよけいだったかも……）。

結局、返事はこなかった。

ビートの言うとおり、いまは仕事に集中したいときかもしれない。

必ずクラスに帰ってきてくれることを信じて待つことにした。

で、ようやく顔が見られた。

うれしくって自然に顔がにやけてしまうのを、おれは必死にこらえた。

でも、タチバナさんはひとこともしゃべらない。顔は青ざめて、思いつめた表情をしている。

重たい空気が周りに充満している。

クラスのみんなは、タチバナさんにひさびさに会えてうれしいのに、声をかけられずに困っている。

「おはよ……あれっ、ミキちゃん。ひさしぶり～」

出たっ、ビート。こんなときに限って空気を読まないヤツ。

でもいっそ空気を読まずに、そのまま重たい雰囲気を突きくずしてくれっ。

ビートはおれの思惑どおり、つかつかとタチバナさんのところへ行き、しげしげと彼女をながめて言った。

「なんか、今日メイクがキマってないね。寝不足とか?」

ああっ、こ、このオトコは……。

うらやましいくらい無防備にとんでもないことを言う天然キャラだ。

とたんにタチバナさんがジロリとビートをにらんだ。

は、迫力……。

「っせーんだよこのチビっ!」

とひとむかし前の彼女だったら、ソッコーで言い返しただろう。が、今日のタチバナミキはひと味違った。

すっと立ち上がると、無言で教室を出ていってしまったのだ。

「れっ? ……ミキちゃ……」

不思議そうな顔でビートは彼女の後ろ姿を見送っている。おれはさすがにがまんできずに立ち上がった。

「ビートお前、なんてこと言うんだよ！　このボケっ!!」

驚いたことに、おれがタチバナミキに代わってビートをどなりつけた。

だって、あんまりじゃねーか。あんなにきれいなタチバナさんに向かって、寝不足とか？　なんて。

寝不足なのはおれのほうだよ。

毎晩毎晩、彼女のことを思って、おれはひとりで……（以下省略）。

おれは廊下へ走って出て、階段に向かうタチバナさんを追いかけた。そして彼女の細い腕をつかんで、思わず引き止めてしまった。

「帰っちゃだめだ！　もう少し……いてくださいっ」

想像もしなかった言葉が口をついて出た。

おれの心の叫びだった。

おれはどうしても、もう少しだけタチバナさんと一緒にいたかった。

なんにも話さなくってもいい。近くにいるだけでいい。

この一瞬のために、おれはこの一ヶ月、がんばってきたんだ。

だから……。

タチバナさんの大きな瞳がおれを見た。泣き出す瞬間みたいに、長いまつげがふるえている。

おれは一瞬、息を止めた。


待て。

ちょっと待ておれ。

ここはガッコウだ。そしていまいるところはガッコウの廊下だ。

教室の窓から、クラスの連中がおれらを見てる。

廊下の向こうから足音が近づいてくる。

担任のヤマサキが来る。

だからいまはヤバいんだ。


ああ、でもおれ、もう……。

それは一瞬のできごとだった。

まるで磁石に吸い寄せられるみたいに、おれのくちびるが、タチバナミキのくちびるめがけて落ちていく。

「お〜立花！　やっと来たのかあ。お前知ってっか？　おれ来年テレビ局に転職すんだぞ。ハイ、キュー！　ってか。ハハハ……」

ふたつのくちびるがくっつく寸前に、ヤマサキの声がそれをさえぎった。

タチバナさんはわれに返ったように、おれを突き飛ばした。おれはよろめいて、ヤマサキにどすんとぶつかった。

「ってて っ……なにやってんだ犬田。……あれっ、立花!?」

振り向きもせず、タチバナミキは階段へと走り去ってしまった。

いら立ち

週末。

おれはめずらしく「朝日が丘通り商店街道場（ビートじいちゃんのテーラー）」へ修業にいくのをサボった。

タチバナミキとの廊下での急接近があって、なんだかもうなんにも手につかなくなってしまったのだ。

あのあと、おれはかなりくよくよした。

タチバナさんの家まで行ってあやまろうかと悩んだ。

でも一回それをやっちまうと、以後千回以上やってしまいそうになるのが、元オタクのコワいところだ。

おれはなんとか自分にブレーキをかけてがまんした。

ビートにも腹が立った。

ヘンなこと言いやがってタチバナさんの気分を悪くしたのに、ぜんぜんケロっとしてる。

なんなんだあの天然のケロっとぶりは。カエルの仲間なんじゃないかと思えてくる。

おれはしばらくヤツと口をききたくなくなった。

ビートは最初、あれこれ話しかけてきたが、おれがシカトするんでそのうちあきらめた。

けど、なんの弁解もしない。ごめんとも元気出せよとも言わない。

おれがいようといまいと、ヤツはマイペースで服を作るだけだ。

おれはなんだかむなしくなった。

ブランド作ろうなんて勝手にもり上がってたけど、結局あいつがデザイナーなんだ。

おれの力なんてちっぽけなもんなんだ。

おれがいようといまいと、ヤツには関係ないんだ。

きっとタチバナミキにしたってそうなんだろう。

おれがいようがいまいが、おれがどんなに会いたくて苦しんでたって、彼女の日常にはなんの関係もないんだ。


山梨に行かない週末は、とてつもなくヒマだった。

まえは一日じゅう、パソコンでハッキングしたりしてひとりでこそこそ楽しんでたのに、いまのおれは布地をさわりたくて、ミシンを踏みたくてイライラしてる。

気がつくと、ＣＡＤでビートのデザインをパターンに起こしてしまってる。

あーなにやってんだおれ。

と、ツカモトさんからメールが入った。

『今日、アンナと原宿行くんだけど。相談したいことがあるから一緒に行かない?』

まがりなりにも原宿。

まがりなりにも女の子と一緒。

それはまがりなりにもおれの人生で初体験だった。

ビートとおれはつるんで何度も原宿をリサーチしたが、女子連れってことは一度もなかった。

「わっ。ワンダなんか超キマってる。カッコいいじゃん。それもビート君デザインの服だよね？」

会ったとたん、ツカモトメイに言われて、おれはテレまくってしまった。

ああ、これがタチバナさんだったらもっとうれしいんだが……。

ま、ツカモトさんとアキカワさんもじゅうぶんかわいいので（そしてビートが作った服の試作をちゃんと着てきてくれたので）、このさい文句は言うまい。

表参道を並んで歩きながら、おれはツカモトさんに聞いた。

「で、相談ってなに？」

ツカモトさんとアキカワさんは、顔を見合わせた。

「最近、ビート君とケンカしてるみたいだけど……なんか気になっちゃって」

「あーべつに、ケンカしてるわけじゃねーよ。おれが一方的に気にいらねーだけ」

「なにが気に入らないの？」

アキカワさんがツッコんできた。

「ってか、たぶんいじけてんだよおれ。あいつすげー才能あるじゃん。おれなんかいなくったって、ブランドはあいつひとりでできんだろーなとか思って」

「ブランド？」

そういえば、ふたりにはまだ「ランビー計画」について話してなかった。

ほんとは、さきにタチバナさんに話したかったから、それまではいいやと思ってたんだけど。

おれらのことをいつも心配してくれるたのもしい同志である女子ふたりに、おれは「ランビー計画」を打ち開けた。ふたりの顔がみるみる変わるのがわかる。話をするうちに、太陽の光にてらし出されたみたいに、ふたりともキラキラしてきた。

「……マジで？　すごいんだけど、その計画！」

全部聞き終わって、ツカモトさんが叫んだ。

「ねえ、それってうちらも手伝っちゃだめ？」

アキカワさんも興奮ぎみだ。おれはちょっとビートをまねして、頭をポリポリとかいて見せた。

「おれはもちろんそうしてもらいたいけど……ビートに話してみなきゃだよな」

おれにはわかっていた。あいつ、おれを尊重して、おれのGOサインが出ない限り、この計画は誰にも話してないんだ。

でも、ビートがこのふたりの参加をいやがるはずがない。

そしてきっと、タチバナさんをブランドキャラクターにすることも……。

「ちょっとごめんなさい、あなたたち」

突然、後ろから声をかけられて、おれらは立ちどまった。振り向くと、すらりとした美人のお姉さんが立っている。

どきっとした。

この人、なんかすごいオーラを放ってる。

彼女はおれらの全身を上から下までじっくりとながめてから、ひとこと、言った。

「あなたたちの着てる服、どこのブランドのものかしら?」

デザイナー

トウトツな質問に、おれらは三人で顔を見合わせた。

「ってこれ……べつにどこのブランドでもないっす。おれらの友だちが作った服なんで」

美人のお姉さんだからか、おれは自然と積極的になった。

よく原宿の交差点でやってる「おしゃれスナップ」みたいなやつかも、と一瞬思った。おしゃれな男女子をつかまえて撮影して雑誌に紹介する、あれだ。だとしたら、ビートの服の宣伝になる。

おれは突然、さらに積極的になった。

「おれらの友だち、ミゾロギ・ビートっていうんすけど。超センスよくて、ほとんど天才で。自分でデザインして自分で服、作っちゃうんっす。ヤツのじいちゃんがおれらの師匠で、山梨でテーラーやってて、『スター・ウォーズ』のヨーダとか

『ゲゲゲの鬼太郎』の子泣きじじいにそっくりで……」

ツカモトさんに思いっきりそでを引っぱられてようやく止めた。あやうく「銀河系制覇」や「ベンツドライブ」まで話がおよびそうになってしまった。

お姉さんは、ふうん、とめずらしそうにおれらをあいかわらずながめている。

「ミゾロギ・ビート。青々山学園のファッションショーのデザイナーね」

「知ってるんですか!?」

女子ふたりが一緒に声を上げた。お姉さんはにこっと笑った。

「もちろん。ファッション業界であのニュースを知らない人はいないわよ。最近見たデザインの中じゃ、ピカイチだもん」

おれはピンときた。

「え。ってことは、ファッション関係の方っすか?」

「あたし? ま、デザイナーのはしくれ、ってとこかな」

デザイナー。

ほんもののデザイナーに生まれて初めて会ったおれらは、急に緊張した。彼女はおれらがかちんこちんになるのを見て、おもしろそうに笑った。

「どうしたの。なんか急にかしこまっちゃって」

「いやあの、おれら、いつかビートがデザインするおれらのブランド作りたいって思ってて……でもまだまだ夢なんで。ほんもののデザイナーさんに会って、なんか緊張しちゃって……」

おれが知ってる唯一のプロのデザイナーは、ヨーダだった。だからプロのデザイナーってのはみんなSFっぽいか妖怪っぽいかどっちかだと思ってたんだけど。いま目の前にいる人は、若い人間の女性ですらりとしている。しかも美人だ。いままでヨーダにだまされてたのか、おれは。

「あなたたちのブランド？　すてきな夢ね」

美人デザイナーさんは微笑《ほほえ》んで、おれらの顔を順番に見た。

「もしも本気だったら、その夢、あんがいすぐにかなうかもよ」

肩から下げていたバッグの中を探ると、名刺入れから名刺を一枚、出した。

南　水面
Minamo Minami
Designer

おれら三人は頭をくっつけ合って、名刺をのぞきこんだ。

「みなみ・みなも……」

不思議な名前。そして、ほんとうに「デザイナー」と書いてある。

「あたしのことはネットかなにかで調べてもらっていいよ。で、ビート君と相談して、もしあたしともっと話してみたい、って思ったらメールちょうだい」

おれは驚いた。会ってまだ五分くらいしかたってないのに、どういう展開なんだ？

もしや新手の逆ナンかも……。

この人だったら、それもよしかも……。

「あの……なんで、ですか？　ぜんぜん他人のあたしたちに、そんな……」

おれがロコツによろめいてるのを敏感に察知して、すかさずツカモトさんがつっ込んだ。

「他人じゃないわ。とっくに知ってるもの。あなたたちじゃなくて、ビート君のこと」

ミナモさんが言うので、おれはまた驚いた。

「え？　ビートの知り合いなんすか？」

「こっちが一方的に知ってるだけだけどね。青々山学園のショーは、ビデオにとって全部分析したの。だからあなたたちの着てる服、すぐに気がついた。あの子のデザインだって」

おれはついでにもう一回驚いた。

ミナモさんは、あの日のショーに来ていたのだ。そして、おれらがふらふら歩いてるのを見ただけで、ビートの服だとわかってしまったのだ。

「じゃあ、連絡待ってるから」

そう言って、ミナモさんは行ってしまった。

おれらはぽかーんとして、しばらくその場につっ立ったままだった。

それからおれらは、Ｗｉ《ワイ》‐Ｆｉ《ファイ》がつながるカフェに入って、さっきのできごとが夢じゃないかどうか確認することにした。

おれ持参のノートパソコンを立ち上げ、ネットで『南水面』を検索する。

「わあっ」と思わず、三人とも声を上げた。

十二万件ヒットしたのだ。

みなみ・みなも。日本を代表する若手デザイナー。独特の布づかいと色のテクニックには定評があり、数々のコレクションを成功させ……。

「ちょっとスミマセン。アナタガタの着ている服は、ドコのブランドですか？」

食い入るようにパソコンを見ていると、不思議なアクセントの日本語で声をかけられた。

さっきと同じ質問。

振り向いて、またどきっとした。

今度は、すらりと長身の男が立っていた。肩にふわりとかかる栗色の髪、銀縁メガネ、つやつやのくちびる、人なつっこい笑顔。

あれ？　こいつ、どこかで見たことがあるような……。

イケメンデザイナー

「あーーーーーーーっっっ！」

どっかで見たことのあるイケメン兄さん、誰だったか、あとちょっとで思い出しそうな瞬間に、ツカモトメイとアキカワアンナが同時に叫んで立ち上がった。

「よ、ヨン様っ⁉ ぺ・ヨン●ユンさん、ですよね⁉」

「そうだそうだ！　ヨン様だ！　うわっっすご、うちのママ大ファンなんです！きゃ～～写メ写メ！」

女子ふたりは黄色い声を上げてイケメン兄さんを取り囲んだ。兄さんの顔がひくひくしてる。

うわ……キレるぞ、おい。

「……ワタシは、ヨン様じゃないデスよ」

「え？」

イケメン兄さんの両腕にしがみついていたふたりは、じいっと彼の顔を見上げた。

「ほ、ほんとだ……」

「よく見たら、ぜんっぜん人違いだ……」

って無責任なこと言ってる場合か⁉

黄色い歓声に、カフェの客全員の白い視線が集まっちゃったじゃないかよ。

その瞬間、おれの記憶の回路がカツーンとつながった。

「パク・ジュンファ。デザイナーの方ですよね」

いちかばちか、おれは言ってみた。

毎晩ネットでモード系情報収集してるときに、やたらこいつの顔が出てきてたんで思い出したんだ。

イケメン兄さんは、こわばっていた顔をふっとゆるませた。

「ええ、そうです。ワタシの名前はパク・ジュンファ。世界じゅうのセレブが顧客《こきゃく》の、スーパーイケメンデザイナーです」

……………。

自分の言ってることがわかってんのかどうかもわかんないぐらい、パク・ジュンファはエラそうなことを言った。

「ちょっとイイデスカ？　アナタたちの着てる服、見せてクダサイ」

ＹＥＳともＮＯとも言わないうちに、パクジュンはツカモトさんの手首をつかんでぐっと引き寄せた。

「きゃっ。な、なにすん……」

ツカモトさんの着ていたパーカーをむりやり脱がせやがった。

おいおいおい！　こらこらこら！スーパーイケメンデザイナーだからって、そりゃいきなりすぎんじゃねーか!?

「ちょっとあんたっ！　メイになにすんだよっ！」

アキカワさんがつっかかると、今度は彼女のかぶっていたニットキャップをすぽっと取り上げた。

「ぎゃあ～～っ！　せっかくヘアスタイルキメてたのにぃ～」

アキカワさんが泣きそうになってる。おれは果敢にふたりの女子を救うべく、パクジュンに立ち向かった。

「あの～～、いったいどういったおつもりで……（もみ手）」

ってまったくふぬけだぞおれ（泣）。

パクジュンは「おお……」と、パーカーとニットキャップを広げたりひっくり返したりなでなでしたりクンクンしたりしている。

こ、こいつ……。新手のヘンタイなのかも……。

「キミっ。キミも脱いで。さあ、ハヤく！」

え？

「お、おれ？」

「そう、キミだ。脱いで、ヌイデ。さあさあサア！」

こ、こんな公衆の面前で……？　さすがのおれでもそこまではできねーぞ。でもまあ、そんなに言うなら上半身だけだったら……。

ってなに許してんだおれは！

「お客様、おそれいりますが店内でお静かに願えますか。ほかのお客様のご迷惑になりますので」

店長らしき人が、ようやく助け舟を出してくれた。ってかほんとにおれらはただの迷惑なうるせーやつらだった。

「おお、シツレイしました。おわびに、サインしてあげましょウ」

パクジュンは突然、ポケットからボールペンを取り出すと、店長の白いシャツの胸に韓国語でごりごりごり～ッとサインを書いた。しかもすごい力で。

店長の口は『うわ……』という形のままで固まってしまった。たぶん、シャツの下は血文字で染められただろう。

「そのシャツをネットオークションに出してゴランナサイ。世界じゅうのマダムがサットウするでしょう。フフフ……」

　パクジュンはまたエラそうなことを言って笑っている。そのすきに、ツカモトさんとアキカワさんはパーカーとニットキャップを取り返した。

「いったいどういうつもりなんですか。いくら有名人だからって、やりすぎじゃね？」

　おれはようやくまともな文句を言った。

　パクジュンはなおもマダムキラーな笑みを浮かべながら、

「ブランド・タグに『RUNWAY☆BEAT』と書いてアリました。ドコのブランドですカ？」

　と聞いてきた。

　おれら三人は、また顔を見合わせた。

　こいつ、さっきの南水面とおんなじ興味をもってるようだ。

　いったい、どういう日なんだ。超有名デザイナーが、ふたりそろってビートのデザインに興味をもつなんて。

「有名ブランドなんかじゃありません。あたしたちの友だちが作った服です。その人は……」

ツカモトさんの言葉を、おれは思わず手でさえぎった。

おれは直感した。

パク・ジュンファ。こいつ、なんかすげー邪悪なものを感じる。

これ以上、ビートのことを話したらキケンだ。

おれはそう感じたんだ。

不安

「キミたちのトモダチ？　それはイイ。ぜひ、ワタシに連絡してホシイ。そのデザイン、チョット気になるのでネ」
パクジュンはそう言いながら、名刺を差し出した。おれら三人は、また頭をくっつけ合って名刺をのぞきこんだ。

株式会社ワールドモード
メインデザイナー／セレブマダムキラー／韓流イケメン
パク・ジュンファ
박 준화

なんなんだこのフツーじゃない肩書きの羅列《られつ》は……。

会社名をじっと見るうちに、突然おれの記憶の回路は全開になった。

ああっ。こ、こいつ……そうだ。

たしかビートの親父さんが、無名だったこいつをデザイナーデビューさせてやったんだ。初めてビートの家に行ったとき、たしかビートからそう聞いた。

そして、どっかの誰かが大金をつんで引き抜いた。でもって、ビートの親父さんの会社はめちゃくちゃにされてしまったんだ。

「あー、えーっと。そうすね、わっかりました。友だちに渡しときますんで」

おれは急にへらへら～っと笑って答えた。この場は早く去ったほうがいい。

「そうかい、タノムヨ。ワタシの目にとまったんだからラ、チャンスだヨ、と伝えといてクレる？　それから、コレもタノムよ。じゃあネ」

白い歯をきら～んと光らせて、パクジュンは風のように店を出ていった。

高校一年生のおれの手に、自分の伝票をしっかりと握らせて……。

二枚の名刺をポケットに入れて、おれは家に帰った。

それからおれは、そわそわそわそわした。自分の部屋の中をうろうろうろうろうろして、ぐるぐるぐるぐる歩き回った。ドキドキドキドキして、はらはらはらはらして、とうとう電話をかけた。

タチバナミキに。

だって、ビートの一大事なんだ。

おれらだけじゃ、もうどうにもできない。

こんなときは、ギョーカイにセイツウしたタチバナさんに意見をあおぐのはごく自然だ。

夜中に電話したからって、別にヤラシイ、いやヤマシイことなんかない。

おれはさんざん自分に言いわけをしたうえで、タチバナさんの番号を検索した。

ケータイのキーを押す指がどうにもふるえてしまってる。

呼び出し音が聞こえる。三回……六回……十回。

十五回であきらめかけたとき、「もしもし」と、タチバナさんの声が聞こえた。

「あっ……お、おれ。ワンダ、ですけど。すいません、お休み中でしたか？」

ああ、なんでこうヒクツになっちゃうんだ。

女王&下僕のしきたりが根強く残るおれは、タチバナさんと話すとなると、いっつもこんな感じになっちまうんだ。

『寝てないよ。さっき帰ってきたとこ』

もう夜の十一時を回っていた。そんなに忙しいんだろうか、と心配になる。

『なんか用？』

つっけんどんにされて、おれは雨の中、町かどに捨てられた子犬の気分になる。

「いやあの……今日、ビートの服着て原宿を歩いてたら、ですね。たまたま、ふたりのデザイナーに声をかけられたんです。別々に、違う場所で」

ミナミ・ミナモとパク・ジュンファ。そのふたつの名前を聞いて、タチバナさんは黙り込んでしまった。

「どっちもビートのデザインに興味があるって言って……連絡先をもらったんだけど、これってビートに話して連絡するべきかどうかと……」

『ダメだよ！　ぜったい、連絡しちゃだめ！』

ずっと黙っていたタチバナさんが、突然ケータイがビリビリするくらいの大声を出した。

『南水面のほうはわかんないけど、とにかくぜったいパクジュンに連絡しちゃだめ！　ぜったいに！　ねえワンダ、ぜったいだよ!?』

タチバナさんは何度も何度も、だめだめだめ、と繰り返した。

だから、おれはかえって気になってしまった。

なんなんだろう、この極端な拒絶は。

もしかして、タチバナさん、パクジュンとつきあってるとか……じゃないよな？

それはかなり極端な想像だった。

でもそう思うと、おれはビリビリするほど心配になってきた。

あの超イケメンで超テキトーで超歯の白いオトコ。

おれはぜったいだまされねーけど、フツーの女子ならコロっといっちゃってもおかしくない。

もちろんタチバナさんはぜんぜんフツーの女子じゃないけど。

「わかりました。パクジュンに連絡はしません。ぜったいに。だから、安心してください」

おれはふくれあがる不安を押さえつけて、なるべく平静をよそおいながら言った。

タチバナさんは、急にしんと黙りこくってしまった。

そのまま沈黙が続く。

もし、タチバナさんがパクジュンとつきあっていたとして。

おれにそれを止める権利なんか、もちろんないんだ。

「お騒がせしました。じゃあ」

そう言って電話を切ろうとすると、『ワンダ』と急に呼びかけられた。

どきっとする。ただ名前を呼んでるだけなのに、こんなとき、彼女の声はたまらなく色っぽい。

『……この前のあれ。なんだったの』

消え入りそうな声で聞かれて、おれはなんのことかわからなかった。

「え。あれ、って……」

『だから。このまえ、学校の廊下で』

はっとした。

そうだ。おれは彼女に……。

彼女のうっすらぬれたやわらかそうなくちびるが、目の前によみがえる。

おれは急に全身の血が下半身に、いや頭に集結するのを感じた。

おれはすっかり動転して、さっぱり言葉を失ってしまった。

『……いいよ、もう』

しばらくして、ひとことだけタチバナさんがつぶやいた。やっぱり、たまらなく色っぽい声で。

そのまま、プツリと電話は切れた。

戦略

ミナミ・ミナモとパク・ジュンファ。

二枚の名刺を、次の日の昼休みにおれはビートに見せた。

ツカモトさんとアキカワさんも一緒になって、実質的に「第一回ランビーブランド戦略会議」となった（ビートはもちろん女子ふたりの参加を喜んだ）。

「さきに言っとくけど。おれはビートがパクジュンに会うことには賛成しない」

おれは先制攻撃をかけた。ビートは机の上に並んだ二枚の名刺をしげしげとながめてる。

「なんで？」と女子ふたりが声を合わせて聞いた。おれはここぞとばかりに机をばん、と叩いてみせた。

「歯が白すぎる！　そんなヤツは信用できない！」

ちょっとプロデューサーっぽくないかおれ。フフッ……。

ビートたち三人はきょとんとしてる。

「でもまじにイケメンだったよ」

アキカワさんがトボけたことを言う。おれは声を荒げた。

「んなこたあ関係ねーだろ！　だいたい、メガネ男子ってとこがすでにあやしいんだよ！」

まるでメガネ男子のビートを前にして、おれはわりかし神経ズ太いことを言った。

ビートはぜんぜん落ちついたまま、「で、南水面のほうはどうよ、プロデューサー？」と聞いた。

おれは堂々と胸を張って返す。

「とうぜん、会うに値する人物であるッ」

「美人だからでしょ」と、ツカモトさんとアキカワさんは、またハモった。

おれは図星なことを言われて、堂々と張った胸を引っこめられなくなってしまった。

ビートは「ふうん」と興味深げに二枚の名刺をかわるがわる見ていたが、決心したように言った。

「わかった。どっちにも会ってみよう」

「えぇーーっ!?」とここで女子ふたりがハモってくれるのを期待したが、実際にはおれがひとりで叫んだ。

「なんでだよビート!?　まえに話してくれたじゃないか。パクジュンは、お前の親父さんが育てたデザイナーで、カネに目がくらんで親父さんを裏切った、極悪非道で権力主義でカネと女にだらしないオトコだって……」

「いや、そこまで言った記憶はないけど」

ビートは苦笑した。女子ふたりは「あーっ！」と今度はハモった。

「そうだった。そういえば、ビート君のお父さんの会社がうまくいかなくなっちゃったのは、パクジュンがライバル会社に引き抜かれたせいだって……」

ツカモトさんが青くなって言う。ってか、おれもわざと言わなかったんだけど、思い出すの遅すぎねーか？

「だからだよ。だから会ってみたいんだ」

ビートはなおも落ちついていた。でも、あきらかに目が違う。メガネの奥の目は、いままで見たことないくらい、好奇心にめらめら燃えてる感じだった。

「あいつのデザインはネットでも雑誌でもショップでも見て知ってる。でもどんな人間か、直接会って確かめたいんだ」

ヤツがカフェ店長の白シャツの胸をサインで血染めにしたことをよっぽど話そうかと思ったが、やめておいた。こうなったら、直接対決させてやったほうがオモシロイに決まってる。

と、一瞬、きのうのタチバナミキの電話の声が耳をかすめた。

(ぜったい連絡しちゃだめ)

うう〜ッ許してくださいタチバナさん! ここはビートの判断に任せたいんだ。

「なあビート。ミナモさんにも会うんだよな? 先に会うんだよな? な? な? な? なななななな?」

おれはさりげなく念を押した。ビートはうなずいて、

「もちろん会うよ。でもパクジュンがさきだ。ちょっくらいただきたいモノもあるしね」

と、目をキラリと光らせた。

金曜日の放課後。

おれら四人はそろって「ワールドモード(WM)」本社に出かけていった。

六本木ヒルズのタワーくらいでっかいんじゃないかってビルの正面玄関を入った

瞬間、おれらは同時にぴったりと足を止めてしまった。で、すっかり言葉をなくしてしまった。

「み……ミキティ?」

ようやくツカモトさんがかすれた声を出した。

そう、おれらが目にしたのは、受付の後ろにどばーんと貼ってあった、タチバナミキの巨大パネルだったのだ。

『立花美姫、パク・ジュンファを着る。』

ってキャッチコピーがでかでかと書いてある。

どこかさびしげな、それでいてとびきり色っぽい目が、じっとこっちをみつめている。

「なにこれ。どういうこと? ミキティが、ビート君のお父さんのライバル会社のキャラクターになってるよ?」

アキカワさんの声がふるえている。おれは目を疑った。

ビートの家で「スタイルジャパン(ビートの親父さんの会社)VSWM」の話をタチバナミキも一緒に聞いたはずだ。

ってことは、彼女はそれをわかってて、WMのキャラクターになったのか?

「おお～。キミが『ランウェイ☆ビート』のデザイナーだね。ヨウコソ、世界制覇目前のわが社へ」

カツカツカツと靴音を響かせて、早足にパク・ジュンファがおいでなすった。

うっ。なんつーいいタイミングで現れるんだこいつは。ちょうどおれらの憎悪の炎が燃え上がった瞬間じゃねーか。

パネルに見入っていたビートは、近づいてくる悪魔のほうを振り向くと、にっと笑って言った。

「はじめまして、ミゾロギ・ビートです。以前、父がいろいろとお世話になりまして」

交換条件

WM本社にあるパク・ジュンファのアトリエに、おれらは通された。

まずなにがびっくりしたかって、ものっすごく広くて近代的な設備。最新のパソコンがずらっと並び、仕立て台なんておれのベッドよりでかい。「朝日が丘通り商店街道場」と、同じ目的（＝服を作る）のために存在してる場所だとは信じがたい。くわえて、すごい数のスタッフ。しかも全員若い女子。しかも全員美人。なんなんだここは。

なんかの本で読んだけど、これが「ハーレム」ってやつなんだろうか（そしてパクジュンを中心としたいろんなウラヤマシイ、いやヤマシイことが行われてるんだろうか）。

「さっき、キミのお父さんにワタシがお世話したとか言ってたネ。ワタシはどんなお世話をしたノカナ？　そしてお世話をしたのナラ、キミはワタシにそのお返しをしてくれるノカナ？」

おいおいおいおい白い歯の王子様。あんた、ちゃんと日本語使えてねーぞ。

「僕の父は、溝呂木羅糸《らいと》と言います。覚えていらっしゃいませんか？」

ビート父の名前を初めて聞いた。なんつーかっけー名前だ。ビートじいちゃんがつけた名前だろうな。たしかビートの名前もそうだって言ってたし。

息子・ライト。孫・ビート。お笑い芸人一歩手前で止めてるセンスはただもんじゃない。

「残念ナガラ、覚えていないネ。ニホンジンによくある名前ダシ」

ってぜんぜんねーだろうが！　とツッコみそうになるおれを、ビートが強い視線で止める。

まあ待てよ。

ビートの目がそう言ってる。

こいつただじゃすまさねーぞ。そんな気がして、ちょっとぞくっとくる。

「そうですか。僕も僕の父も、パクジュンさんの服の大ファンで、超影響受けちゃったもんで。親父なんて『ちょいワルになるにはパクジュンの服がぴったりなんだよね』なんて言ってます」

そう言いながら、ビートが女子ふたりに目配せする。

女子ふたりはうなずきあって、「パクジュンさーん、記念撮影とかしてもいいですかあ?」「ママに見せたいんで～」と、突然はしゃぎ出した。

「お～もちろんです。ワタシの家族（ってどうもファンのことらしい）のためにばんばん撮ってクダサイ。でもってがんがん服買ってクダサイ!!」

「きゃあ～マジでマジで～!?　超うれしー!!」

ふたりは光速で写メを始めた。

パクジュンが女子高生ふたりにとっつかまって鼻の下を伸ばしてるすきに、おれは無人のデスクへさりげなく行って、パソコンの前に座る。都合よく開けっ放しのファイルがある。おれは目にもとまらない速さで、いくつかのファイルを自分のメアドに転送する。案の定、すべてにゆるそうなパクジュンアトリエのネットワークとデータセキュリティは、おもしろいほどゆるかった。

「東京コレクション10A/W（2010年秋冬）」で検索すると、いまデザイン中のパターンがたやすく出てきた。これもいただきだ。

「それで、僕に連絡をしてほしいとおっしゃっていたのは、どういう用件でしょうか」

女子たちがひとしきり写真を撮り終え、おれが指でOKサインを出したことを確認してから、ビートが切り出した。

パクジュンは、自分の歯がきらめく角度をじゅうぶんに計算し、スポットライトが落ちているコーナーにたたずむと、きらっと口もとをほころばせて言った。

「ビート君。ワタシと組まないか？　そして、ワタシの新ブランドのサブデザイナーになってホシイ」

おれは二秒でキレそうになった。

こいつは確信犯だ。もちろんビートの親父さんのことを忘れてるわけがない。自分が裏切った男の息子を、しゃあしゃあと抱きこもうとしてやがるんだ。

ビートは前のめりになるおれを、またしても目力《めぢから》で止めた。そして意外なことを言った。

「ええ、いいですよもちろん」

えっ。

声にならない叫び声が、のどのあたりで引っかかってしまった。女子ふたりも凍りついている。

パクジュンが白い歯をいっそう輝かせて、なにか言いかけるのを「ただし」とビートが制した。

「条件があります」

「ジョウケン？　おお、いいですよ。オヤスイゴヨウだ。ただし、後出しはナシですよ……せえの」

ってそりゃジャンケンだろおい（殴）。

王子様のオトボケにはまったく動じずに、ビートは言い放った。

「タチバナミキを解放すること。それが条件です」

えっっっ。

またしてもおれは驚きの叫び声を上げそうになった。

解放、ってビートお前……。

「彼女、あなたが立ち上げた新ブランドのキャラクターになってますよね。彼女の意志に反してそうなってるとしたら、解放してやってください。受付にあったパネルの彼女の目が、訴えてました。『やりたくてやってるんじゃない』って」

おれははっとした。

そうだ。あのタチバナミキの目は……。

助けて。

そう言ってるじゃないか！

パクジュンは、アハハハ、と気持ち悪いほどさわやかに笑い出した。

「キミタチはまだコドモだ。オトナのビジネスのことはわからないダロウ。でも、ミキティの事務所はＷＭと契約してるんダヨ。たとえキミの言うとおりダッタとしてモ、契約を破棄すれば、彼女のモデル生命はそれでオワリだ」

超さわやかな笑顔で、まんま悪役なセリフを平然と言いやがった。

おれは今度こそぶん殴ってやろうといっそう前のめりになった。が、またしても「ええ、たしかに」と、ビートの言葉に止められた。

「たしかにぼくらはまだコドモです。でもそのコドモに、あなたは『組もう』と誘ってるんじゃ？」

見たこともないようなビートの強い目が、パクジュンを一瞬で動けなくした。

誘い

WM本社を出るやいなや、先頭を歩いていたビートがおれらのほうを振り向いて言った。

「で、いろいろいただいたよな？」

「もちろん。今度のコレクションのデータやら顧客名簿やら、全部おれのサーバーに転送しといたから」

おれは平然とそう答えた。

ううっ、かっけーぞおれ。プロのスパイみてーだ。

ツカモトさんとアキカワさんは、ぱかっとケータイを開けてみせた。

「このとおり。作りかけの服、デザイン画、パターン。ぜんぶ撮っちゃいましたあ」

ビートとおれはケータイ画面をのぞきこんだ。

「うわ、すげっ。なにこれ、全部あるじゃん。あれ、パクジュンの超アップも」

パクジュンの口もとのアップ、髪の生えぎわのアップまである。

「なんでこんなの撮ったの？」

ビートが不思議そうな顔で聞くと、ふたりは真顔で答えた。

「だってー。あたしのヨミだと、パクジュンぜったい総入れ歯だし」

「で、うちの予想は、あいつぜってーヅラ」

「でもって、そーいうスキャンダルが、ときとして命取りになったりすんだよねー。イケメンの宿命として」

女子ふたりはきゃっきゃとはしゃいでいる。おれはビートを見た。おれ同様、ぞおっとしてるのがわかる。

お、女の子って……（怖）。

おれは気を取り直して、ビートに聞いた。

「なあ、タチバナミキのことだけど。事務所がＷＭと契約してる、ってあいつ言ってたよな。それって、彼女の意志じゃねえよな？」

ビートはふっと笑って聞き返した。

「なんでおれに聞くんだよ。お前、そう信じてんだろ？　彼女が自分でそんなことするわきゃないって」

　おれはフカクにも赤くなった。

「いやっ……まあ、そ、そうだけど。みんなそう信じてくれてるといいなって思ったんだよ」

「信じてるよ。あたりまえじゃん」

　急に立ちどまって、ツカモトさんが言った。

「ビート君のお父さんの会社の事情知ってるミキティが、自分から進んでそんなことするわけないよ」

　ビートは大きくうなずいた。

「ってことでワンダ。今日電話して確認しとくよーに」

「え、お、おれっ⁉　なんでおれ⁉」

「あれっ、なんかワンダ赤くね？　なんかてれてる？」

「あーそっかあ、わかっちゃったあ。ワンダ、ミキティのこと……」

「っせーなわかったよ！　電話すりゃいいんだろ電話！　しときますって‼」

　それからしばらくおれは、タチバナミキネタで三人にいじられて、さんざんおもしろがられてしまった。

ミナミ・ミナモの事務所は、代官山の奥まった場所にある古ぼけた一軒家だった。WMにくらべると、スケール的にはヨーダの住みか（ビートじいちゃんのテーラー）に近い。ぴっかぴかのどデカいビルを訪問したあとのおれらは、うっそうと緑に囲まれたトトロの家のようなそのたたずまいに、なんだかほっとなった。行ったことないけど、たぶん南仏プロヴァンスのインテリアのような、やさしい雰囲気のアトリエ。白いシャツに黒いパンツのシンプルなよそおいのスタッフがきびきびと働いてる。

バラの香りの紅茶とおいしいクッキーをふるまわれて、いきなりミナモさんのポイント激増。

すっかりくつろいでるところに、やっぱり白いシャツに黒いパンツ姿のミナモさんが登場した。ほぼすっぴんで、長くてまっすぐな髪をゆるく束ねてる。それだけなのに、彼女がきれいなことには変わりなかった。

「いらっしゃい。ついに来たわね、ビート君」

きれいなフレンチネイルの手をすっと差し出す。ビートがにっこりして、その手を握り返す。めずらしいことに、ちょっとビートがてれてるのがわかる。でもって、ツカモトさんがちょっとムッとしてるのもわかる。

「シャツとパンツのコンビネーション、すっげえすてきですね。制服なんですか？」

お世辞じゃなくビートが言うと、「ああ、これ？」とミナモさんは笑顔になった。

「アトリエにいるときは、できるだけシンプルなよそおいにしよう、ってみんなで決めてるの。コレクションのアイデアを作り出すために、いつもできるだけ素の状態でいたいし、目も心も開いていたいから」

ビートはその言葉を聞くと、しばらく黙っていたが、「すてきだ」とつぶやいた。

それはほんとにすてきな考え方だった。

ほんもののデザイナーらしい言葉は、あの入れ歯でヅラの疑いがかかってる偽造イケメン王子に会ったあとのおれらの心に、雪どけ水のようにさわやかにしみこんだ。

ツカモトメイの瞳は少し不安そうに揺らいでいたが、それでも彼女は切り出した。

「ミナモさん。あたしたち約束どおり、ビート君と一緒に来ました。ミナモさんの考えを、聞かせてください」

ミナモさんは黙っておれらの顔を順番にながめると、静かに言った。

「じつはね。あたし、スタイルジャパン（SJ）の溝呂木企画部長からお誘いを受けてるの。『うちで新ブランドを立ち上げませんか』って」

えっ。

ビートの、親父さんに？

隣に座ってるビートが、急に緊張するのがわかる。

「あたし、ずっと自分個人のブランドでやってきたし、基本的にはどの会社とも組む気はなかったの。それに正直、ＳＪは最近パワーがない。お断りしよう、って思ってたんだけど……青々山学園のショーで、溝呂木部長にお会いして、『あれが私の息子です』って聞いたとき、ひらめいたの」

ミナモさんは静かに、けれど熱っぽくビートに語りかけた。

「ビート君。あたしと一緒に、お父さんの会社で新ブランド立ち上げない？」

恋、してる?

ミナモさんと一緒に、ビート父の会社の新ブランドを立ち上げる。

おれは心の中で、エベレストの最高峰に立った。上り始めた朝日に向かって、「うぉぉーっやったぞお！　ざまあみやがれヅラ入れ歯王子！」と雄たけびを上げた。

じっさいのおれはミナモさんのアトリエのソファのはじっこに座って、「いいぞっ」とこっそりつぶやいていたんだが。

さあこいビート。

ここはがっしりとふところの深いとこを見せてくれ。

たとえ年上でプラス15㎝でも、ミナモさんほどの美人デザイナーと組めるなんて幸運は、このさきおれがエベレスト登頂に成功するくらいの確率だぞ。

「残念だけど、できません」

んなっ!?

ビートの返事に、おれはずっとかけてたブレーキをいきなりはずした。

「おいっビートなに言ってんだよ！　あ、すいませんこいつ、なんかときどき違うとこ行っちゃって帰ってこないんで……いまもたぶん、なんか別のこと考えてたみたいで、なっ!?　そうだよなビート!?」

おれは自分のことを棚に上げて、ビートが白昼夢を見てたんだと断定した。

が、ビートは完全におれ無視で、さらにきっぱりと言った。

「たしかに親父の会社が大変なのは知ってます。だからと言って、息子のおれが、しかも親父にはぜんぜんデザイン認められてないおれが出てくのは、ちょっと違うと思う」

ミナモさんは落ちつき払って聞いていたが、にっこりと笑顔になると、急に身を乗り出して聞いた。

「ねえビート君。あなた、好きな女の子いるんでしょ？」

うわっっっ!?

ミナモさんの飛躍に、おれらは全員固まった。

もしかしてこの人、パクジュン以上にイっちゃってる人なのか!?

「あーいやあの……それは……てか、なんで、ですか？」

おれのヨミではビートに片思い中のツカモトさんの前で、ビートがとんでもない返事をすまいかとおれは冷や汗をかいた。が、ビートはうまく切り返してくれた。

ツカモトさんがほっとするのがわかる。

「デザインは人の心を映し出す鏡でしょ？　このまえのショーには、あなたのあふれるような思いが表現されてた。だから、ああこの子、恋してるんだな、誰かに思いを伝えたくってデザインしてるんだな、って思ったの」

ビートの肩がぴくんと動いた。ツカモトさんがビートを見てる。瞳はやっぱり、不安そうに揺れている。

「あたし、最近、自分のデザインが嫌いになっちゃって。このままじゃ、デザイナーやってくのはつらいな、って壁に行き当たってたんだ」

ミナモさんは意外なことを打ち明けた。

「あたしには学生時代からのライバルがいて、もともとすごくいいやつで才能もあったのね。で、じつはSJのメインデザイナーだったのに、別の大手に大金で引き抜かれて行っちゃったの。それであたし、人間不信になっちゃって。ここんとこのコレクションに、どうもそれが出ちゃってる、ってわかってた」

おれらは顔を見合わせた。

ライバル。パク・ジュンファのことだ。

「そんなとき、ビート君のショーを見た。それで思い出したの。ああ、デザインって、こんなふうに自分も人も幸せにするものだったんだ、って。でね、じつは、ショーを見たあとすぐに、溝呂木部長に伝えたの。『息子さんと一緒にだったら、ブランド設立に参加させていただきます』って」

ビートが膝の上の手をぎゅっと握りしめた。おれもいつのまにか、膝の上でこぶしを作っていた。

ビートはらしくなく、不安そうな声でようやくたずねた。

「それで……親父は、なんて言ったんですか」

ミナモさんは、ふふっと笑った。

「それがね。『あいつのじいさんがなんて言うかなあ』って」

「ヨーダが!?　いや、師匠が!?」

おれが思わず叫ぶと、ミナモさんはいっそう楽しそうな笑顔になった。

「それでその場で紹介されたのよ。『私の師匠、ガンコ親父です。服づくりの腕は世界一です』ってね。おじいさん、『ガンコはよけいだろ』なんて言っちゃって。てれくさそうだった」

　驚いた。

　ミナモさんは、おれらに偶然会うまえから、もうビート父とビートじいちゃんに会っていたのだ。

　だから言ってたのか。初めて会ったとき、「ビート君のこと知ってる」って。

「ははっ、じいちゃんが相手じゃなあ。じゃ、やっぱり、あいつがブランド作るなんて百年早いわ！　って言われたんですよね」

　ビートは頭をポリポリかいて、下を向いたまままつぶやいた。

　ミナモさんはじっとビートをみつめている。そして、とてもやわらかな声で言った。

「『ビートのこと、よろしく頼みます』。そう言われた」

　そうして、師匠と親父さんは、そろって深々とミナモさんに頭を下げた。師匠は小さな体をもっと小さくして。親父さんは大きな体を、師匠に負けじと折り曲げて。

「ビート君。おじいさんもお父さんも、モードが大好きなのよ。そして、あなたのことを信じてる。あなたには、誰よりすごいポテンシャルがあるんだって」

やばい。

ものすごく、やばい。

なんかおれ、感動してる。鳥肌立ってる。おれいま、すごい大切な場面を、呼吸してる。

ツカモトさんが小さくふるえてる。アキカワさんがほっぺたをぬぐってる。

おれは、おれは、情けないことに、どうしようもなくて。

「ミナモさん。おれ……」

しばらくして、ビートの声がした。その声はエネルギーに満ちていた。まるで大好きな歌を歌うように、ビートは顔を上げて言った。

「おれ、一緒にやりますっ！　やらせてください！　ここにいる、みんなも一緒に。それからもうひとり……」

ビートの言葉に、おれの心臓ポンプがフルスロットルで動き始めた。

「……タチバナミキも一緒に！」

好きだ

ミナモさんのアトリエからの帰り道。

おれはみんなと別れてから、まっすぐにタチバナミキの家へ走っていった。

ビートには「タチバナさんに電話しとくよ」と言った。

でももう、おれの気持ちは電話なんかじゃおさまりそうになかったんだ。

金曜の夜九時。まだ帰ってるはずない、ってわかってた。でもおれは、迷うことなくタチバナさんちのインターフォンを押していた。

『どちらさま？』

女の人の声がした。

「あの、ミキさんのクラスの犬田です」

五秒くらいして、『ワンダ君？』と返ってきた。おれはカメラに向かってうなずいた。

しばらくして、タチバナさんのお母さんが現れた。美人で若作りだとは聞いていたが、想像以上に美人で若作りだった。そういえばショーのとき、マリエ姿のタチバナさんと抱き合って泣いてたっけ。

タチバナ母はクラスではそうとうな悪女として通っていた。演歌歌手だかお笑い芸人だかにだまされて、東北の漁村でタチバナさんを産んで、不幸な生い立ちを盾《たて》にして彼女をスターにのし上げたとか。

でも目の前にいるお母さんは、どっちかっつーと松●聖子とか今●美樹とか黒●瞳とかのイケてるお母さんにしか見えなかった。

驚いたことに、タチバナ母はおれを家の中に入れてくれたうえに、お茶やらケーキやらサキイカやらを出してもてなしてくれた。

「このサキイカにはチューハイが合うわよ」とすすめられたときにはあせったけど。

「最近、タチバナさん学校に来ないんで、おれらみんな心配してるんっす」

おれはお母さんのミョーに手慣れた接待攻撃から身をかわそうと、本心を語った。

「そう。あの子もいっつも『ガッコー行きたいなあ』って言ってるのよ。私ももう、高校出るまでは仕事を辞めさせてもいいかと思ったんだけど……あの子ずいぶん変わったわ。学校のショーに出てから。ワンダ君やみなさんのおかげね」

そう言われてすなおにうれしかったが、同時に心配になった。

やっぱりタチバナさんは、自分の意志に反してWMと仕事をさせられているに違いない。

タチバナミキが帰宅したのは、十一時近くだった。

「ただいまあ」とリビングに入ってきて、おれの顔を見るとその場に凍りついた。

「ワンダ君、ずっと待っててくれたのよ。ミキのこと心配して」

お母さんがナイスフォローを入れてくれたにもかかわらず、彼女はぷいっと二階へ行ってしまった。

おれがおろおろしていると、タチバナ母がソッコーで耳打ちした。

「なにしてんの早く追っかけて！　私いまからお出かけするからご遠慮なくね。あ、でもまだお泊りとかはなしだからね」

ってなんか積極的すぎないっすか⁉

いちおう母のOKも出た（？）っつーことで、おれはもうドッキドキに胸を高鳴らせつつ、タチバナさんの部屋をノックした。

ぜんぜん、返事なし。もう一度ノックした。もう一度。もう一回。三回。五回。

返事、ゼロ。

あ。

おれは急に、ビートが引きこもりのおれを引っ張り出しに来てくれたときのことを思い出した。

スクバからノートを出して、走り書きする。びりっと破いて、ドアの下のすきまからすべりこませる。

十秒後、カチッと音を立ててドアが開いた。

「……どういうこと？　『助けたい』って」

青ざめた顔でタチバナさんが立っていた。

『助けたい。WM＋パクジュンから。』

おれはノートにそう書いたんだ。

「今日ビートたちとWMに行ったんだ。それで、受付に飾ってあったキミのパネルを見た。パネルの中のキミの目が、『助けて』って言ってる。ビートがそう気づいた。おれも、そう思った」

おれは話しながら、自分でびっくりしていた。

かつて女王＆下僕の関係だった彼女とおれ。

でもいまは、とらわれの姫君とそれを助けにきた騎士《ナイト》みたいだ。それにおれはもう、敬語を使ってない。

タチバナさん。キミを、助けたい。

おれの思いは、それだけだった。

おれはなにもかも話した。

おれらが自分たちのブランドを作ろうと修業してたこと。ビートの判断で南水面とパク・ジュンファに会いにいったこと。パクジュンとの会話。タチバナミキを解放しろ、とビートが言って拒否されたこと。そのあとのミナモさんのアトリエでの、彼女の告白……。

全部話し終わってから、おれは言った。

「なんかおれらにかくしてることがあるだろ？　それでキミは、ＷＭから逃げられないでいるんだろ？　約束する。ビートたちには話さないから、それがなんなのか、おれだけに話してくれないか」

タチバナさんはずっと下を向いたまま、答えなかった。

おれは、情けなかった。

こんなに言ってもだめなのか。やっぱりおれのこと、信じてもらえないのか。なにもかも伝えたのに。

そう思った瞬間に、はっとした。

いちばん、大事なことを伝えてないじゃないか。

それを伝えなくちゃ、全部打ちあけたことにならないじゃないか。

「タチバナさん、おれ……」

彼女はまだ下を向いている。おれはそっと手を伸ばすと、彼女の小さなアゴの下に指をふれた。不思議なくらい軽く、ふわっと、彼女の顔が持ち上がった。

大きなふるえる瞳が、おれを見ている。世界じゅうにおれ以外、いま、彼女は見ていないんだ。

「おれ、キミが……」

好きだ。

そう、言ったと思った。

でももしかすると、そうささやくより早く、おれのくちびるは、彼女のくちびるをふさいでしまったに違いなかった。

おれの両腕が彼女の背中を抱き寄せる。

彼女の細い両腕が、おれの背中に、少しためらいながらしがみつく。

ガレージの戸が開く音がして、彼女がいつも学校に乗りつけるあの赤いベンツが遠ざかるエンジン音がかすかに聞こえた。

この世界には、どうしたって止められない力がある。

その事実を、おれとタチバナミキは、その夜、初めて知った。

運命の出会い。

運命の出会い。

を、してしまった。


この年になって……いや、この年になったからこそ、かな。

この出会い、運命なんだ、ってすなおに信じることができた。

しかも相手は十五歳の少年（あたしとの年の差十三歳……）。

でもって、あたしがいままで見てきたデザイナーの中で、いちばんキラキラしてて、エネルギーにあふれてて、サイコーにカッコいいデザインを生みだしちゃう子。

「神童」とか「天才」とか、そんなツキナミな言葉にはおさまりきらないような男の子。

そんな彼、ミゾロギ・ビートとデザインユニットを組むことになってしまったあたし、南水面。

人はあたしを「いまもっとも旬《しゅん》なデザイナー」とか「若手のホープ」とか「今後日本を代表するクリエイター」とか言ってあれこれ持ち上げる（あ、あと「美人デザイナー」とかも。ハハ……）。

それはもちろん、すっごくうれしい。

でもあたしの心のどこかには、フツーに素朴な女の子がいる。

お洋服が大好きで、きらきら、ふわふわ、さらさら、ひらひらなものたちを、いつも一生けんめいに追いかけてる女の子。

それが、ほんとうのあたし。

デザイナーデビューして、びっくりするほどとんとん拍子にうまくいっちゃって、ちょっといい気になるまえの、ほんとうのあたし。

学生時代のライバルで、ほんとはその才能を認めていたのに、大企業に寝返ってしまった友人の変貌ぶりに嫌気がさすまえの、ほんとうのあたし。

あたしは、お洋服が大好きな、ただの女の子。

単純すぎて忘れていた大切な真実。

それをようやく、思い出した。

そう、ビートに出会ってから。


その日、代官山のあたしのアトリエのスタッフは、誰もが朝から、かなりワクワク、そわそわ。

だって、ぴっちぴち十五歳のイケてる少年が二名、今日からこのアトリエに通ってくることになったんだから。

「ちょっとみんなー。はしゃぎすぎじゃないの？」

うちの女の子たちったら、いつもはけっこうおとなしいのに。いざ少年たちがやって来るとなると、いてもたってもいられない、って感じになってる。

「だってぇ～ナマ十五歳現役高校生ですよミナモさんっ！　こないだここに来てたあのコたちでしょ？　どっちも超イケてたじゃないですかっ！　ああ、あたしここにつとめててよかった……」

アトリエ最年長二十七歳のマナミが顔をゆるませまくってそんなことを言う。そ、それじゃまるで夜の渋谷のエロじじいよ、マナちゃん……。

「とにかく、遊びに来るわけじゃないんだからね。彼らとのユニットで新ブランドを作ることで、スタイルジャパンと契約したんだから。あたしはこのブランドにかけてるの。もし、うまくいかなかったら……」

あたしの真剣な声に、スタッフ一同、急にしーんとなる。

「みんなには悪いけど、このアトリエは閉鎖する。そのつもりでがんばってほしいの」

一瞬、空気が張りつめる。みんな、あたしがどんなに本気でこのプロジェクトに取り組もうとしているか、痛いほどわかってくれているんだ。

じっとうつむいていたマナミが、決意したようにきっと顔を上げると、目をキラッキラにうるませて言った。

「ミナモさん！　……あたしたち、ミナモさんとビート君についていきますっ！　ミナモさん、ほんとにすべてをかけちゃったんですね。たかが十五歳の小僧に……。た、たかが……ってマナちゃん……それ本音すぎない？

ピンポ〜ン、と呼び鈴が鳴って、「はあ〜〜い」とおねえさん方全員の合唱になった。

クールに待ち構えてるつもりのあたしが、なんとびっくり、マナミを押しのけて玄関に飛んでいってしまった。だってワンダ&ビートを迎える「初めての女《ヒト》」になりたいんだもん。なんちて。

おっと、どんなにあわてても身だしなみはきちんとね。玄関前のミラーで髪型、リップ、シャツえりチェック。よゆうでにっこり、オトナの女の笑顔を作って、と。

「いらっしゃい、ワンダ&ビートく……」

かちゃりと開けたドアの向こうには、イケてる男子ふたりの代わりに、現役女子高生ふたりが笑顔で立っていた。

「ミナモさん、こんにちは~。『ランウェイ☆ビート』のマネージャーに就任しましたメイです」

「同じく制作担当のアンナっす、よろ」

あ、ありゃりゃ?

「ちょっとお~ミナモさん。『なんでワンダービートじゃねんだよ(怒)』って顔に書いてありますよん?」

アンナにかなり図星なことを言われて、あたしは思わず赤くなる。

「え? そ、そんなことないわよ。そうなんだ、今日来ないならメールくれればいいのに」

少々あわてぎみに言うと、メイが紙を一枚差し出した。

なにかの地図だ。

「ふたりはきのうの夜からここにいます。ミナモさんに、すぐに来てくださいって」

あたしは目をこらして地図を見た。地図上に×マークがあって、文字が印刷してある。

山梨県、甲府市、JR甲府駅前
朝日が丘通り商店街　テーラーみぞろぎ
ヨーダの裁縫道場（↑ここだけ手書き）

「あ。ここって、もしかして？」

「ビート君のおじいさんのテーラーです。ミナモさんとの服づくり、ここから始めたいんだって、ビート君が」

ああ、そうか。あたしは思わず微笑した。

こういうとこが、あの子の最高にいいとこなんだ。

古ぼけた商店街の、古ぼけた店の、古ぼけた看板を見上げる。

テーラーみぞろぎ。

あった、ここだ。

ドアを開けようとして、手書きの張り紙に気がつく。

「歓迎！　日本を代表するデザイナー　南水面様　by 銀河系制覇をもくろむヨーダ」

な、なんなんだこれは……しかも異様な達筆だし……。

「おお、ミナモさん。お待ちしとりましたよ」

ドアの中から、ビートのおじいさんが現れた。会うのは学園祭以来二回目だけど
ワンダが言ってたように妖怪というかSFというか、ちっこいけど妙に迫力のある
人だ。

「あー。どーもミナモさん」

「待ってましたあ」

続いてビート、ワンダが出てくる。心なしかふたりとも湿気が多い感じだけど、いきなりアフターシャワー？　あたしに会う前に？

「どうしたの？　なんか髪、ぬれてる……けど？」

ワンダは子犬みたいに髪をふるふるとさせて、

「ああ、これは師匠の『霧吹き攻撃』で……そのうちミナモさんもやられるはずなんで」

あたしは「？」と首をかしげた。

「ぶわっかも～ん!!　恐れ多くもこちらはプロのデザイナーであるぞ！　お前ら青二才にだけ聖なる霧は発射されるのだッ!!」

そう言って師匠はすこ～～ッ!!　と霧吹きをワンダに向けて吹きつけた。なるほど、これのことだったのか……。

そんなわけで、あたしたちは師匠の仕事場で第一回作戦会議を開いた。

「まず、見てもらいたいものがあるんです」

ビートがそう言うと、ワンダがラップトップパソコンのスクリーンにファイルを開いた。

あたしは、あっと小さく叫んだ。

「なにこれ？　……ひょっとしてパク・ジュンファの新作？」

「PeakPark 2010 A／W」とタイトルがついているパターンや、作りかけのサンプルの写真が次々とスクリーンに現れる。

「PeakPark」は、この秋にワールドモードがパク・ジュンファをメインデザイナーにして立ち上げた新ブランドだ。

「2010 A／W」は、「2010年秋冬コレクション」という意味だ。来年の春先に発表される極秘のデザインのはずなのに、なんでワンダのパソコンに？

「秘密にしてたんですけど……おれ、ルパンⅢ世の孫なんです」

ワンダが目をきらっとさせて言う。

ってことはルパンⅤ世？

いやいやいやいや。じゃなくて。

「そうか。まんまとドロボーしちゃったってわけね。パクジュンのアトリエで」

あたしはあきれたように両腕を組んでビートとワンダをちょっとにらんだ。ふたりとも、一瞬体をちぢめるのがわかる。

「ドロボー!?　……お、お前らァ……」

師匠が体をわなわなさせ始めた。

きゃっ、ちょっと待ってください師匠！

霧吹き攻撃ＭＡＸが出る!?

「ああ〜〜っなんて賢いやつらなんだお前たちは!?　さすがわしの孫とその友だち……よくやったっ！」

がしっとふたりの頭を両脇に押さえこんで大喜びしてる。

け……けっこうヒトの道はずれてますけど師匠……。

とはいえ、ライバルのデータが目の前にあるっていうのはなかなかのもうけモノであるのはまちがいない。

もしも、あたしたちのブランドを同時期に対決させるとなれば、だけど。

「素材の指定を見ると、かなりゴージャスなものに仕上げるつもりのようね」

服を作るのに使用する素材の指定メモに「クジャクの羽根」「象牙」「ヒョウの毛皮」（ってワシントン条約違反だよ!?）などなど書いてある。ワンダはちょっと眉を寄せて、「それが、……これ見てください」と、デザイン画のデータを開いた。

など。

あたしはまた叫びそうになった。

「ちょ……これマジで？　ほとんど水着じゃん!?」

パクジュンの秋冬の新作は、半ケツのミニや肩がずりずりに落ちそうなニット、ハミチチするんじゃないかってくらいちっちゃなブラと毛皮の組み合わせ、などな

あたしは一瞬で血の気が引いた。ビートも複雑な表情で言う。

「正直、露出しすぎなんじゃないかと……」

「いや、それ以前に真冬にこんなカッコしたら凍死するんじゃないの……」（byあたし）

「いや、わしは正直こんなカッコされたらうれしいけど……」（by師匠）

「しかも、信じられないことに……」とワンダが沈んだ声で続ける。

「このシーズンのテーマが……は、初めての……」

「え、なんだってワンダ?」（byビート）

「聞こえんぞ、男ならもっと大声でっ!」（by師匠）

「初めての……『初めてのえっち♡』ですっ!」

あたしはアゴが落ちそうになった。

な……なんじゃそら……。

「『初めてのえっち』？　それがコレクションのテーマだっていうの？　しかも『H』とか『エッチ』じゃなくて、『えっち♡』？」

あたしが目を点にして聞くと、ビートとワンダは同時にうなずいた。ビートがどっちかっていうとあきれてるのにくらべて、ワンダがミョーに赤くなってるのがなんか気になる。

「どんなテーマだってデザイナーの勝手だろうけど。問題なのは……」

ビートは腕組みをして、ちらりと、赤面するワンダに目配せをしてから言った。

「おれらの友だちが、その餌食《えじき》にされるってことです」

あっ。そうだった。

立花美姫のことだ。彼女はパクジュンの新ブランドのメインキャラクターなんだ。最初に会った日に、ビートは言った。パクジュンとWMにとらわれている仲間を救いたい。

それは超人気モデル、タチバナミキのことだった。

それにしても。

コレクションのテーマが「初めてのえっち♡」って、パク・ジュンファはいったいどうしちゃったんだろう。

かつて一緒に国際モード学園で学んだ、あたしのよきライバル。

唯一意識した「あたしよりデキるかも」ってヤツ。

あのころとくらべて歯がより白く、より髪の毛がフッサフサになってんのが不自然だけど。

そのヘンテコなテーマで、この極端に露出の多い服を、東京コレクションで人気モデルの立花美姫が着る。

そりゃたしかに注目度はバツグンだろうけど。

「おれ、単純にたえられないんです。た、タチバナさんが公衆の面前で……こんな、は、は、半ケツでハミチチ……うわ〜〜っ!!」

自分で言っておきながら、ワンダは泡を吹いて卒倒しそうになっている。

おいコラ青すぎるぞ少年……。

「単なる想像かもしれないけど……」

そう前置きしてから、ビートが言った。

「このブランドをあやつってんのはパクジュンじゃない。安良岡覧だ」

やすらおか・らん。

WMの社長、業界の超大御所だ。彼にたてついたら、ファッション業界では生きていけない。

じつはあたしも何度かWMに誘われてたんだけど、安良岡の傘下に入るのがコワくて、そしてパクジュンのように骨ヌキにされるのがいやで、断り続けていたんだ。

ワンダが顔を赤らめたままで、うなずく。

「タチバナさんの事務所とWMの契約で、彼女はこのブランドのメインキャラクターになってるんです。彼女の意志に反して……」

「意志に反して？　ミキちゃんがそう言ったの？」

ワンダは一瞬固まったが、しばらくしてもう一度うなずいた。

「どうして？　それじゃまるで、ほんとにとらわれの奴隷じゃない」

ワンダはそれっきり口を閉ざしてしまった。

彼とミキがどういう関係かわからないけど、ミキに口止めされているんだな、と直感した。

それからビートは、かつて溝呂木部長（ビートのお父さん）と安良岡覧が「スタイルジャパン」で一緒に働いていたこと、いつのまにか安良岡が部長を敵視して独立したこと、部長が育てたパクジュンを引き抜いたこと――などを話してくれた。

「そうだったの。じゃあ、あたしたちが新ブランドを作るとなったら、確実につぶしにくるわね」

ビートはうなずいた。師匠がさらに付け加えた。

「だから、あんたのアトリエにこの小僧たちが通うのは危険だとわしが言ったんだ。疑いたくはないけど、あんたのスタッフの中に安良岡のスパイがいてもおかしくない。あいつはそういうやつなんだ」

「そんな。うちのスタッフは全員いい子たちで……」

反論しかけたけど、師匠の疑いはもっともなことだった。

それくらいのこと、安良岡覧なら平気でやってのけるだろう。

いきなり立ちはだかる、安良岡覧という巨大な壁。
どういうふうにこのブランドを始めたらいいのか、わからなくなった。
全員しばらく黙りこんでいたが、やがてビートがきっぱりと顔を上げてあたしを見た。
「ミナモさん。おれ、やるからには、ぜってー負けたくない」
強い決意に輝く瞳。あたしは一瞬、強く引きこまれた。
ワタシは、ぜったいキミに負けたくナイ。
ミナモ。キミもワタシに負けないでホシイ。
ずっと昔、卒業式の日、パク・ジュンファが言った言葉。
あのとき、あいつの瞳も同じように輝いていた。
「おれも、負けたくない。そしてタチバナミキを取り戻す。ぜったいに」
ワンダが追いかけるように言う。やっぱり、強い決心がこもった声で。
ふたりの目を見て、あたしはゾクっとする。
なにこれ。この感じ。
世界を変えてやる。そう言ってるみたいな。
一途さと、すなおさと、無鉄砲さと。

目の前にいるのは、たかだか十五歳の、ビジネスも知らないファッションの勉強もしていない、シロウトの少年たちだ。

それなのに、ほんとに世界を変えてしまうんじゃないかっていう予感を止められない。

あたしはゾクゾクを全身で感じながら、わざと大人ぶって両腕を組む。そしてふたりの少年に、挑戦的な視線を返す。

「そう、わかった。じゃあ、あたしの作戦を聞いてくれる？　目的はふたつ。いい？」

ビートとワンダは身を乗り出した。ついでに師匠も、ちっこい体を乗り出した。

「まずひとつめ。あたしたちの新ブランドでパクジュンの新ブランドに対抗する。これは目に見える形で結果を出す。つまり、ＷＭの売り上げよりも上をいく売り上げを生みだす。そのためにはたくさんの人に愛される服を作ることが大事よ。わかるよね」

ビートとワンダは大きくうなずく。師匠も満足そうにうなずいている。

「そしてふたつめ。タチバナミキを奪還する」

一瞬、ワンダが体を固くするのがわかった。ビートは真剣な目をあたしに向けた。

ふたりはもう一度、もっと大きくうなずいた。

「そのためには、ちょっとはヤバいことも覚悟する。いいよね、ルパンⅤ世?」

ワンダはこぼれるような笑顔になった。ビートもたちまち笑顔になる。

「よおし、ふたつの目的は承知した。で、どうやって作戦をしかけるのかね司令官?」

将軍みたいに、ウオッホン、と師匠がしゃしゃり出て言った。

「ブランドのデビューのさせ方が肝心です。あざやかに、印象的に、誰の心も奪うような……コマーシャルや雑誌広告なんかじゃなくて」

三人とも全神経を集中させて、あたしの次の言葉を待っている。あたしはじゅうぶんに間をおいてから、ようやく言った。

「東京コレクションで、いきなりデビューします」

えっ。

三人が息をのむ。間髪いれずに、あたしはもうひとこと、付け加えた。

「テーマは……『初めての恋』」

初恋

初めての恋。

すごいテーマを、決めてしまった。

急にひらめいてしまったのだ。

だってパク・ジュンファのコレクションのテーマが『初めてのえっち♡』だっていうんだもん。

そんならこっちはより崇高かつ純潔に、『初めての恋』で勝負する。

「はあ~。そりゃまたいきあたりばったりですなあ……」

あたしのアイデアを見抜いたように師匠が薄目で言う。

そ、そんなロコツに言わないでくださいよっ師匠。

ビートとワンダは、というと、あれれ、どうしたんだか、ふたりともなんだかもじもじしてる。さては思い当たるふしがあるんだな。

「しかし、なんというかさわやかですな。甘酸っぱいというか、すっぱ苦いというか……泣きたいっていうかめちゃくちゃっていうか。ボロボロ、ずたずたっていうか」

　そう言って師匠は遠い目をしてる。

　ってそういう初恋だったんでしょうか……。

「とにかくあたしも東京コレクションに挑戦するのはこれが初めて。パクジュンも同じはずよ。ぜったいに話題になる。参加するにはいろいろ準備が必要だけど、溝呂木部長にかけあってみるわ」

「……たぶん無理っぽいです、それ。親父の会社、ただでさえ予算不足だし。それに……」

　さっきまでめらめら燃え上がってたくせに、ビートは、急にしおれてしまった。

「親父、おれにブランド作りの参加を許してはくれたけど、あくまでもミナモさんのアシスト、ってことだし。まさか、コレクションなんて大それたこと……」

　あたしはビートの目をのぞきこんだ。

「ねえビート君。このまえも聞いたけど、キミ、好きな子いるんでしょ？　その思いを大好きな服にぶつけるの。それだけでいいのよ。お父さんのことは心配しないで。あたしがぜったいに説き伏せてみせる」

ビートのデザインにあふれるいっぱいの思い、命のきらめき。恋をしてなくちゃ、ぜったいに表現できない。

「初恋」をテーマにすることで、ビートのポテンシャルは全開になる、とあたしは直感した。

あたしの言葉にビートはふたたび黙りこくってしまった。

「……おれ、います。すっげえ、好きな子が」

しばらくして、そう答えたのはワンダだった。

あたしたちは全員、ワンダを見た。ワンダは目をキラキラにうるませて、もう一度言った。

「なんかわかる。ミナモさんの言ってること。誰かをすっげえ好きなことって、なにかを作り出す最大のパワーになると思う。生きていく力、負けない力になる、っていうか」

ビートはじっとワンダをみつめていたが、やがてはっきりと、力強く言った。

「おれ、やってみます。やってみせます。ぜったいに！」

ヨーダの裁縫道場を出て、夕暮れの道を、あたしたちは駅と反対方向へ向かっていた。

「ちょっと寄りたいところがあるんで。よかったら、一緒に来てくれませんか」とビートに誘われて、着いたところは病院だった。

なんで行くのかも、誰に会うのかも、ビートはいっさい話してくれなかった。

それなのに、入っていった病室で、あたしはなにもかもわかってしまった。

クリーム色の壁に囲まれた小さな個室。

窓辺に寄り添ってとまるオレンジ色の車椅子。

その上に座っている女の子。

ていねいに編んだやわらかそうなみつあみの髪に、ほんのりピンクのフェルトの花を飾ってる。手作りの髪どめだ。

彼女を思う誰かが、作って贈ったに違いない。

その子に会った瞬間に、あたしにはわかった。

ああ、この子だったのか。

この子が、ビートにあんなにあたたかで、やさしくて、はじけるような思いがいっぱいの服を作らせていたのか。

「おれの中坊んときの同級生のきららです。きらら、この人たち、おれの大事な友だち。あ……ミナモさんは、友だちってかデザインの先生」

「やだなあ、先生なんて。ビート君のデザインパートナーの南水面です。よろしく」

きらら、という輝くような名前の女の子の白くて細い手を、あたしはそっと握りしめた。

「はじめまして、犬田です。みんなに『ワンダ』って呼ばれてます。おれは勝手にビートの親友、とかって思ってます」

ワンダもてれくさそうにあいさつする。ビートはポリポリと頭をかいて、

「おれの大切なパートナーと親友です。今日からきららの友だちだから。よろしくなっ」

と言った。

きららは透き通るような笑顔で、ぺこり、とおじぎをした。それから一生けんめい、手を動かしている。

はっとした。

……この子。

声が、出せないんだ。

「『来てくださってありがとう。ビートがめちゃくちゃなことして困らせてませんか？』とかって言ってます」

ビートが手話を訳してくれた。あたしとワンダは、顔を見合わせてふき出した。

「もーめちゃくちゃです。これからの人生、狂わされそうよ」とあたし。

「でもって、こいつのせいで、おれはいろんなヤバいことさせられてます」とワンダ。

「あーもう！　なんか超カンジ悪いよその受け答え！」とビート。

きららはうれしそうに、両手を口もとに当てて笑っている。

なんて、なんてかわいい女の子なんだろう。

ああ、なんだかすごく、くやしいよあたし。

それなりに成功して、それなりに欲しいものも手に入れて、それなりに満足して生きてきた。それがあたしのいままでの人生。

なのにあたしは、この女の子の百分の一も輝いてないんじゃないだろうか。

この子が、ビートの気持ちを知ってるかどうか、わからない。

だけど、ビートがどんなにこの子を大切に大切にしているか、痛いくらいあたしにはわかる。

初恋の、ちょっと甘くて切なくて、ほてってしびれるあの感じ。

東京コレクションで勝負する。そう決めて、ビートはなにより最初に、あたしとワンダをきらに会わせてくれた。

それが、ビートの答えなんだ。

誰にも負けない、彼女を好きな気持ち。

ビートはそれを、コレクションにぶつけていくつもりなんだ。

信念

東京コレクションで安良岡覧&パク・ジュンファと勝負する。

そう決めたからには、もうあとには引けない。

あたしはさっそく、ビートのお父さん＝スタイルジャパン溝呂木部長の説得にかかった。

東京コレクションで新ブランド「ランウェイ☆ビート」をデビューさせること。

そのメインデザイナーをミゾロギ・ビートにすること。あたしはあくまでも監修、ということでフォローする。

そして、メインキャラクターに立花美姫を立てること。

「全部、ムリです」

三十分以上もかけて、熱心に話したつもりだった。なのに溝呂木部長の返事は、たったの三秒だった。

「お恥ずかしいことですが、コレクションに出品する予算がわが社にはない。あなたを新ブランドのデザイナーにお迎えして商品開発することで、すべての予算を使ってしまうので……」

そう来るだろうと思ってた。あたしは自分の決心を打ち開けた。

「私がいただく予定だったギャラは、辞退させていただきます。それをショーにあてられませんか」

部長は驚きをかくせない様子になった。

「そんな。あなたもご自分のアトリエを運営されているのに……」

「いいんです。いままでの個人ブランドも細々やってますし、それでスタッフの給料はなんとかなりますから」

「じゃあ、あなたご自身は……」

「あたしはお茶漬けでもパンの耳でも食べて生きていけますから。あっ、住むところも、すみません、しばらくは部長のご実家にお世話になろうかと……ヨーダが、いえ師匠が『ボタンつけ手伝ってくれるならタダで住まわせてやる』っておっしゃってくださってて」

部長は絶句した。そりゃそうでしょ。いきなり自分の実家に自社のデザイナーが転がりこむんだからねえ……。赤ちゃん時代の部長がおむつをしてる写真もこっそり見せてもらったことはナイショにしとかなくちゃ。フフ。

「いや、しかし。ビートがメインデザイナーというのも承知できません。あいつはまだ高一で、デザインの基礎も知らないし……」

「だからですよ部長。そこなんです。今度のコレクションのテーマは『初めての恋』。汚れのない、摘みたてのコットンみたいなピュアな感じ。それは、成熟した大人のいい女であるあたしにはない感覚なんです」

ってちょっと言いすぎかあたし？

「だめだ。あいつには早すぎる」

あたしの言ってること、ぜんぜん聞こえてないみたいだ。

仕方ない、別のカードを切るか。

「部長。今度のコレクション、ＷＭのパク・ジュンファのテーマ、なんだと思います？」

あたしの質問に、部長は眉間《みけん》にしわを寄せて、わざと平然と答える。

「さあ。あちらは超大手ですからね。おそらくスタイリッシュで豪華で圧倒的なテーマなんでしょう？」

あたしもつとめてクールに返した。

「『初めてのえっち♡』です」

「は?」

「だーかーらー。『初めてのえっち♡』。『H』とか『エッチ』とか『性交』とかじゃなくて、『えっち♡』です」

部長は急にうつむいた。肩がぷるぷるふるえている。そりゃそうだ。これを聞いて笑わない人間は、冷徹で感情のない安良岡覧くらいなもんでしょ。

「あたし、それを知って思ったんです。『モードをバカにすんじゃねえ(怒)』って」

おっと、やばい。つい地が出ちゃったわ。

「失礼、『モードをおバカにするのもほどほどになさいませ』って。やつら、いえ彼らは完全に消費者をナメてます。WMとパク・ジュンファがしかけるものであれば、どんなボロだろうがエロだろうが、それを着なけりゃダサいんだよ、って」

うつむいてふるえていた部長の肩が、ぴたりと止まった。

「ほんとうにたくさんの人に愛されるリアルクローズ。それが部長の目指しておられるものじゃないんですか?」

部長は、少し上気した顔を上げた。

「愛される現実的な服《リアルクローズ》……たしかに、私の服作りの信念です。でもなぜそれを……？」

「ビート君に聞きました。そして、ビート君は、師匠に……あなたのお父様に聞いた、と」

部長はしばらくふるえる瞳であたしをみつめていた。一途なまなざしには、ビートと同じ情熱が秘められていた。

「わかりました。けれど、やるからにはしっかりと指導してやってください。あんまり前面に出してしまうと、あいつ、どこまで行っちゃうかわかりませんから」

そこで初めて笑顔になった。

あら。はじける笑顔もビートそっくりだ。

ふうん。なんかけっこう、いくない？

ビートを誘惑しちゃうと犯罪だけど、溝呂木部長だったら……たしか奥さん亡くされてからずっとひとりだとか……。

「でも、最後のひとつだけは、どうにもなりませんね」

あたしの妄想に歯止めをかけるように、部長が言った。あたしはビート宅のキッチンで部長とビートのために味噌汁を作る妄想の途中から呼び戻されてしまった。

「立花美姫はたしかにビートのクラスメイトだが……パクのブランドのメインキャラクターになってしまっているし……」

「だけどこのままだったらミキちゃんは……半ケツ&ハミチチのカッコで大衆の面前にさらされちゃうんですっ！」

あたしの叫びに、部長は「ええっ⁉」と身を乗り出した。

「な、なんだって⁉　タチバナミキの、は、は、半ケツ……は、はは、ハミ……ちちッ……⁉」

……見たい。

顔にそう書いてますよ部長。

「とにかく。その件に関しても任せてください。良識ある大人の成熟したいい女の私が、なんとかいたしますので……」

「み……ミキティの……ああ、そんな、そんな夢のような……」

ってぜんぜん聞いてないだろビート父（怒）。

せかいで、いちばん

超極秘のうちに、「ランウェイ☆ビート」東京コレクション出展準備が始まった。すべての基本の服作りは甲府の「ヨーダの裁縫道場」で行われ、ネットでのデータのやりとりはいっさい行わない。これは、ハッキングされる可能性があるからだ。表向きには、あたしたちが新ブランドを準備していることすら発表しなかった。完全に、安良岡覧とパク・ジュンファを出し抜く。それがあたしたちの作戦だった。

あたしはほんとにしばらく師匠のところにお世話になることにした。食べられない住めないってほど貧乏になったわけじゃないけど、ビートも溝呂木部長も師匠と仰ぐだけあって、師匠はほんとうにすばらしい技術とセンスを持っていた。

一生けんめいに服作りを習っていたころをなつかしく思い出して、あたしはひさしぶりに楽しんだ。

新宿――甲府は電車で一時間半くらい。学校が終わると、ビートとワンダはすっ飛んできて、終電で帰っていった。三回に一回はメイとアンナも一緒にやってきた。みんなでわいわいがやがや、ほんものの裁縫道場みたいににぎやかになった。

あるとき、めずらしくメイがひとりでやってきた。

「あの……ミナモさん。相談にのってもらえますか」

おやおやかわいいこと。さては恋の相談か。成熟した大人のいい女のあたしに……（↑まだ言ってますが）。

「あの、二年になったらすぐに進路相談があるんだけど……あたし、ほんとにファッション業界に行きたいな、って思って」

あらら。ヨミがはずれちゃった。

「アンナもなんかそれふうなこと言ってて。いっつも話してるんです。モードってすごいね、楽しいね、って。あたし、世の中にこんなおもしろいことがあるなんて、知らなかった。ビート君に……」

そこまで言ってから、メイはちょっと顔を赤くして続けた。

「ビート君に会えて、ほんとによかったな、って思うんです。ビート君に会えなかったら、あたし、モードのこととか、おしゃれとか、なーんにも気にせずに、フッーにぼんやり生きてたと思うんです。フッーに高校卒業して、フッーに大学行って、OLとかになって……それでも平凡でよかったかもしれない。けど……」

「こんなに楽しいことがあるって知ってしまったんだから、あとには引けない。そんな感じ？」

あたしの言葉に、メイは目を輝かせてうなずいた。

「教えてください。どうしたら、ファッション業界に入れるんですか？　そんなこと考えるの、まだ早すぎますか？」

あたしは笑って首を横にふった。

「ぜんぜん。早すぎるなんてことはないよ。じっさい、ビート君はがんがん挑戦してるじゃない？」

「じゃあ、どうしたら」

あたしはラインストーンみたいにキラキラ光るメイの目をみつめて言った。

「恋をすること、かな」

メイの小さな口が、え、という形のままで止まった。

「ねえ、メイちゃん。デザインすることって、恋することにすっごく似てるのよ。

一生けんめいに、エネルギーと思いのすべてをこめて、自分と誰かを幸せにするために作り出すの。どんなにたくさんお金があっても、どんなに立派な学校に行っても、恋をしてないデザイナーの作品なんてあじけないもんよ。だから、ね。あせらなくていい。恋をしなさい。好きなだけ、せいいっぱいに」

メイの瞳は、満天の星をうつした湖みたいに、ゆらゆらと揺れている。

ああ、きれいだ、この子。

なんか、最初に会ったときより、ぐんときれいに、それに色っぽくなったみたいだ。

やっぱり、恋をしてるんだな。

たぶん……ビートに。

「じゃあ、ミナモさんも……恋、してるんですか」

うっ。イタいとこ突いてくるなこの子は。

「ま、そうだね。恋……してた、かな」

「あれ？　過去形、なんですか？」

「うるさいなあ。大人の恋は、いろいろあるのっ」

「あ～、ミナモさん赤くなってる!?」

さんざん恋バナして（お互い恋する相手の名前は伏せつつ、だったけど）、最終電車に乗り遅れて、あたしがメイのママに電話を入れて、ビートにはメイから電話をさせて、メイは師匠宅にお泊りになった。

ほんとの姉妹みたいに、あたしたちはお座敷にふとんを並べて横になった。

「じゃ、おやすみぃ」

電気をぱちん、と消して、しばらくしてから、暗闇の中でメイの声がした。

「ミナモさん。きららちゃん、って……どんな子なんですか」

あたしはどきっとした。

メイはきららのことを知らないはずなのに。

「あ。ワンダに聞いたの？」

メイの影が、かすかにうなずく。まさかワンダ、「ビートがメロメロでさあ～」なんて言ったんじゃないでしょうね……。

「すごく、いい子だよ。線の細い、か弱そうな……でも芯は強そうな子で」

声を出せない病気なんだ、とは、あたしは言わなかった。

ビートの初恋の相手なんだ、とも。

メイはしばらく黙っていたが、

「よかった。ビート君に、きららちゃんがいてくれて」

静かな、あたたかな声がした。

「あたしはなんにもできないけど……きららちゃんがきっと、ビート君の心の支えになってるんだと思う。だから、あたし……」

そこから先は、もう声にならなかった。

静かに静かに、メイは泣いていた。

「メイちゃん……」

あたしはそっと手を伸ばして、メイの指先を握った。ぎゅっと握り返してくる。

「ミナモさん、あたし……ばかみたいだけど……あたし、あたし、ビート君が……す、好きなの。大好きなの。もう、どうしようもなく……」


せかいで、いちばん好き。


なんでだろう。あたしのほっぺたも、いつのまにかぬれていた。

憎たらしくて、才能があって、最強のライバルだと思っていたあいつ。

ずっとずっと昔、あたしがあいつに告げた言葉を、ふっと思い出した。

大好きだよ、パク。
せかいで、いちばん好き。
だから、どこにも行かないで。

守りたい。


二月。ビートたちの学校は試験休みになった。

東京コレクションまであと一ヶ月となったある夜、あたしたちチームは全員で立花美姫の家を訪れた。

なにがおもしろいってワンダがかっちんこっちんになっていたこと。なにがどうしちゃったのかわかんないけど、電車に乗ってる段階から異様な緊張ぶりだった。駅は乗り過ごしそうになるし改札に激突するし、キオスクのおばさんに「このまえは失礼しました」とかあやまってるし……完全に挙動不審な少年になってる。

「あら～ワンダ君。このまえはど・う・も」

ってなんか怪しすぎなんですけどミキママ!?

「ただいまあ」とリビングに現れたタチバナミキは、あたしたちがずらっと並んで「おっかえりぃ～」とハモるのに遭遇して、まじでひっくり返りそうになった。

「なっ……なんなのあんたたち!?」

「あらミキったら。みなさん学校のお仲間でしょ？　ほら、この子はママのだあいすきなビート君でしょ（は？　はぁ……by ビート）。このちんまい小娘ふたりは飛ばして……（おいおい飛ばすな!!　by メイ&アンナ）。あんたのだあいすきなワンダ君でしょ（ちょっ……なに言ってんすかおかあさんっ!?　by ワンダ）。で、こちらはいまをときめく成熟した大人の美人デザイナー、南水面さん」

ナイス紹介、おかあさまっ。

あたしは立ち上がって、ミキに向かって言った。

「ごめんなさい、突然押しかけて……あたしたち、ちょっと進めてるプロジェクトがあって……少し、話せるかな」

あたしたちは（ミキママ以外）全員ミキの部屋へ移動した。

「結論から言わせてもらう。あたしたちと組まない？」

部屋のドアが閉まるとすぐに、あたしは切り出した。

ミキが驚いたように、大きな瞳をあたしに向ける。

「って急に言われてもなんのことかわかんないよね。つまり……」

「そんなっ。『ランウェイ☆ビート』のメインキャラクターにあたしがなるんですかっ⁉ 『ヨーダの裁縫道場』で『初めての恋』ってテーマで東京コレクションの準備進めてるからって、あのＷＭに勝てっこないじゃないですか⁉」

……ってなんで全部知ってんの極秘情報を⁉

ワンダがミキの後ろに立って異様にもじもじしてる。さては……。

「あ～～全部バレてるよ……お前だなワンダ？」

ビートが言うと、ワンダは小さく「ごめん……」とつぶやいた。

「まあ、わかってるなら話が早いわ。ワンダから聞いてると思うけど、これは超極秘だから。いいよね？　ミキちゃん」

ミキはこくり、とうなずく。

「率直に言うけど。いやよね？　あなたの初めての東京コレクションデビューのテーマが……『初めてのえっち♡』なんて」

ああ、何度口にしてもほんとに情けないテーマだ。

ミキは心なしか頬を染めて、もうひとつうなずく。メイが口をはさんだ。

「あたし、たえられない。ミキティが、あんな入れ歯でヅラのオトコにいいようにされてるなんて……」

ええっ!?

「ちょ、ちょっと待った。それ初耳なんだけど。パクジュンのこと？　入れ歯でヅラ!?」

あたしはぜんぜん関係ない方面でミョーにあせってしまった。全員、きょとんとしている。

はっとわれに返って、あたしは成熟した大人の女らしく、コホン！　とひとつせきばらいをしてから続ける。

「え〜つまりですね。そんないかがわしいテーマのコレクションにではなく、あたしたちチームの正当派なテーマのうるわしいコレクションにミキちゃんをお迎えしようと……」

「できません」

……っとと。なに？　あっさりすぎない？

「うちの事務所とWMの契約があるんで」

「本人の意志に反して？　そんなのあなたが強要されてるって証言さえすれば、破棄できるわよ」

「できないんだってば。もう、ほっといてよっ」

「おれらの学校を守るためになんです！」

突然、ワンダがミキの前に出て叫んだ。あたしたちは全員、一瞬で固まった。

「ちょっとワンダ。言わないって約束……」

「いいって。言わせてくれよ。おれらの学校を廃校に追いこもうとしてた街中開発の社長が、ＷＭの安良岡覧の弟なんです。それで、もしミキちゃんが契約をのまなかったら、もう一度開発の話をしかける、って彼女は安良岡に脅《おど》されて……そのうえ、ビートのデザイナーとしての将来までつぶしてやるって……」

「やめて！　ワンダお願いっ！」

「いいからっ！　キミはおれが守るっ。ぜったいに！　おれを信じてくれっ！」

部屋の中は、しいんと静まり返った。

あたしは、まったく返す言葉がなかった。

「そんな……ミキティ、まじで？　なんでいままで言ってくれなかったの？」

メイが涙声でつぶやいた。ミキはさびしそうに笑った。

「だってあたしがそんなこと言ったって……きっと誰も信じてくんないだろうし」

「なんで？　あたしたち、友だちだよ？　いっつもミキティのこと、思ってるんだよ？　そんなこと言わないでよっ！」

メイとアンナはかけ寄ると、ミキにしっかりと抱きついた。

「はあ。そういうことだったのか」

ビートはひとつ、ため息をついた。ミキは女子ふたりと抱き合ったまま、「ごめん……黙ってて」と消え入りそうな声で言った。

「もう、かくさない。正直に言う。あたし……」

ミキは全員の顔をながめて、ちょっと恥ずかしそうな声で言った。

「ワンダとつきあってます」

え!?

またしても全員、思いっきり固まってしまった。

ひとこと

「つ……つきあってる？　マジで？」

ミキの衝撃の告白を聞いて、最初に口を開いたのは、ビートでもメイでもアンナでもなく、……ミキママだった。

ミキママは、衝撃的なタイミングで、お茶ののったトレイを持ってちょうど部屋に入ってきたのだった。

「美姫……あんたがワンダ君のこと好きだとはうすうすわかってたけど（ってあの夜あたしとワンダをふたりっきりにしたくせに！　byミキ）……つきあってるなんて！　ママはこっちを指名しろって言ってたじゃないっ!!」

ミキママはお茶ののったトレイをあたしに渡すと、ビートの両肩を後ろからがしっとつかんだ。

こっちを指名って……ホストクラブかここは……。

ビートはさわやかな笑顔でミキママに語りかけた。

「おばさん、ワンダは超いいヤツですよ。こいつなら、安心してミキちゃんを任せられますって。おれはぜんぜん、頼りないから」

「そ……そんなことないですっ！　ビート君はすっごい頼りがいがあります！」

メイが思わず叫んで、たちまち赤くなる。ビートはそんなメイを見て、くすっと笑う。

「ったく近ごろの高校生は進んでるんだからっ。ママの知らないあいだにどこまでカンケイ深めたのよあんたたち⁉」

ママの深く鋭くトンデモないツッコミに、ワンダとミキはおもしろいくらいまっかっかになってしまった。

「それにあんたっ！　おばさんてなによおばさんて⁉」

ママはビートの首を本気でしめかけた。

ううっ。この年齢の女性（四十代前半？）に「おばさん」って呼びかけるのはビミョーに禁句なんだよね……なんかわかるわぁ。

「まあまあお母さま。ミキちゃんの『純潔』はあたしが保証しますんで（どうやって……汗）。ほらお茶もさめちゃいますし」

なんとかママを部屋から追い出して、あたしたちはあらためてワンダとミキに向き合った。

誰もなにも言わないけど、全員の視線が、
で、どこまでイったわけ？

とふたりを責めたてる。

「ぜったい秘密にするって約束だったのに、ばらしちゃってよかったの？」

ワンダがもぞもぞと聞く。ミキはすぐに答えた。

「いいの。ここにいるみんなに、ずっとかくし続けるのはなんかやだったし……これからはもうかくしたりしない。だってほんとにつきあってるんだもん」

「え？　じゃあ、おれ叫んじゃったりしてもいい？」

「なにを？」

「世界の中心で愛を……」

「やだ〜、なにそれ〜。だったらあたしも一緒に叫ぶぅ」

「え〜なんだよ〜はずかしいじゃん」

「はずかしくないよぉ。ふたりなら。なーんて。きゃっ！　やだも〜」

……………。

絵に描いたようなバカップルぶりをさんざん見せつけられて、あたしたちはようやくミキ宅をあとにした。

「みんな、わかってるよね。ミキちゃんはあんなふうに言ってたけど、ふたりの関係はあくまでもあたしたちだけの秘密よ。マスコミがかぎつけたらエラい騒ぎになるから」

みんなにどつかれたりつっつかれたり、ワンダがもうデレデレになってるのを見て、あたしは釘をさした。

「しっかし、すげーよな。あのタチバナミキをモノにしちゃったのかあ」

ビートが感慨深げに言う。メイとアンナがすかさずツッコむ。

「ダッサダサで超イケてない引きこもりのパソコンオタクだったくせに〜」

「そうそう。でもってミキティに犬扱いされてたくせに〜。単なる下僕で奴隷でパシリだったのに〜」

け……けっこーキツいっすねイマドキの女子高生さんは。

が、ワンダはぜんぜん気にもとめずにデレデレ状態だ。

「いやあ〜なんつーかヤってみる……じゃなくて言ってみるもんだよな〜」

「え、ワンダのほうからコクったの？」

アンナが興味シンシンで聞く。

「うん」

「え⁉　なな、なんて⁉」

「フツーだよ。好きだ、って」

女子ふたりは、はあ〜、とため息をもらす。

「言えないよね、そのひとことってなかなか……」とアンナ。

「うん、言えない……」とメイは、自分がいまコクったかのように真っ赤になっている。

ビートはまたもや、そんなメイを見てくすっと笑った。あたしはビートとメイの両方を見て、自然と微笑がこみ上げる。

好き。

そのたったひとことで、苦しんだり喜んだり。そんな時代が、あたしにもあったなあ。

「簡単なようでむずかしいひとことだよな。だって、世界を変えちゃうひとことなんだし」

ビートがぽつりとつぶやいた。ワンダがこくん、とうなずく。

「ほんとうに、一瞬で、世界が完全に変わったよ。言ってよかったと思う。ビート、お前もぐずぐずしてないで、早く言え……」

言いかけて、ワンダははっと口を閉じた。メイがぎくりとするのがわかる。

ビートは夜空を大きく見上げて言った。

「だよな。いつまでもぐずぐずしてちゃ、だめだよな」

メイはビートの横顔をみつめていたが、同じように夜空を見上げて小さく言った。

「だよね。ぐずぐずしてちゃ、だめだよね」

あたしたちは全員、夜空を見上げた。

白い息が、氷のように冷たい三日月をかすめて消えていく。

まだまだ、春は遠い。

約束

「やばっ、遅刻遅刻!!」

始業チャイムとともに、あたしは青々山学園の校門に駆けこんだ。

一階廊下の突き当たりがビートのクラス。入り口の戸に張り紙がある。

『歓迎!　世界的な美人デザイナー　南水面先生　by 銀河系制覇を狙う一年A組』

またこれか……。

ガラッと戸を開けて入ると、いっせいに拍手が起こった。

あれれ、なんか大歓迎?

「ようこそ、南先生。お待ちしておりました。ささ、こちらへどうぞ」

担任のヤマサキ先生が、うやうやしく壇上にあたしを招く。四月からテレビ局に転職するとかっていう、変わり種の先生だ。

「はじめまして、デザイナーの南水面です。今日はみなさんにお力をお借りしたくて……」

あたしがあいさつをしかけると、すっと立ち上がった長身の美少女が一名。

「前置きはいいよ。ビートが全部説明ずみだから」

おっと、タチバナミキ。来てくれたのね。

あたしがビートのクラスに出向いた理由。

東京コレクションで、もう一度、青々山学園の生徒たちにモデルになってもらう。

それを頼みにきたのだ。

「おれら、やる気まんまんなんで」

ゴリラ体型ながら、なかなかキメてる男子が言う。

「ボク、ヘアメイクとかも最近勉強してるの。お手伝いしまあす」

オネエがかったしゃべりの男子が続けて言う。ん？　なんかそのしゃべり、ヘアメイクアーティストのテツオさんに似てるけど……。

「そっか。だったら即、本題に移るわね。あたしがみんなに聞きたいことは、たったひとつ」

あたしはクラス全員の顔を見渡してから、言い放った。

「一緒に世界を変えてみる？」

とたんに、おおっ！　と歓声が上がった。

「もっちろん、やるっす！」

「世界制覇目前だし！」

「じゃなくて銀河系制覇だし！」

口々に言い合って、教室じゅう、大騒ぎになった。

あたしはビートを見た。クラスメイトと一緒になって、すっごく楽しそうなビートを。

あたしの視線に気づくと、やつは生意気にも、ぱちんとウインクしてきた。

あたしももちろん、大人のセクシーウインクを返した。ビートははじけるように笑っている。

あーあもう。ほんとに、この少年ったら。

どこまで世の中を楽しくしちゃうつもりなんだろう？

クラス全員のスリーサイズや足のサイズの採寸、ポラ撮りなどをして、服のパターンをモデルにジャストフィットするように作り直す。

あたしは「ヨーダの裁縫道場」で、こつこつと作業していた。

夕方、またもや突然メイがひとりでやってきた。こんなふうにひとりで来るときは、なにか思いつめているときだ。

「忙しいのにごめんなさい。でもあたし、決心してきたんです」

心底思いつめた目で、メイが言う。急に言われてあたしはあせってしまった。

「どうしたの？　メイちゃんまさか？　ビート君と……『初めての……』？」

ってまたエロおやじな発想してるよあたし。

あたしのまぬけな想像をよそに、メイの表情は真剣そのものだった。

「きららちゃんに、会いたいんです」

え？

意外なことを言われて、あたしは返す言葉がなかった。

「ビート君の好きな子に会ってみたい。それでもし、あたしに勝ち目があったら、ビート君に言おうと思ってるんです。『好き』って」

……なっ!?　か、勝ち目って……。

「メイちゃん、あのさ。それって、わりかし非情なこと言ってるようにあたしには聞こえるんだけど……」

だって相手は病人で、しゃべることもできないのに。

メイはふっと笑って、急に明るい声になった。

「なんて、冗談冗談。ただ、会ってみたいだけなんです。それで、ビート君がんばってるよ、って伝えてあげたいの。ビート君をずっと支えてあげてね、って」

明るい声なのに、さびしそうな笑顔になった。


あたしとメイはきららの病院を訪ねた。

病室に入って、あたしは驚いた。

このまえ、窓際でオレンジ色の車椅子に座っていたきららは、ベッドにぐったり横たわっていたのだ。

ご両親が枕元に立っている。ふたりは、力なくあたしたちにおじきをした。

きららはあきらかに弱っていた。前回の訪問から、そんなにたっていないのに……。

「きららちゃん。あたしたちの仲間、メイちゃんを連れてきた。今日からあなたの友だちよ」

このまえビートが言ってたのをまねして、あたしはメイをきららに紹介した。

消え入りそうに透き通った顔を、そっとメイのほうに向ける。きららは一生けんめい微笑もうとした。苦しそうに。

「きららちゃん。メイです。やっと会えてよかった。ずっと、お礼を言いたかったの」

　メイはベッドのそばにひざまずいて、きららの細い手を握った。

「ビート君を支えてくれてありがとう。きららちゃんがいるから、ビート君、がんばれてるんだと思う。ほんとに、ありがとう」

　メイの声はふるえていた。きららのお母さんが、そっと目頭を押さえている。あたしも、どうにも胸の中が熱くなってしまった。

　きららは弱々しく、手話でなにかをお母さんに伝えている。お母さんは、枕元にあったノートとペンをきららの手に握らせた。

　きららは、ゆっくりゆっくり、文字を書いた。うっすらと、まるっこい文字。

　ノートに書かれた言葉は……。

『あたしは元気だと、ビートに伝えてください』

　あたしは、目を閉じた。

だめ。いま、泣いちゃだめだ。

あたしは必死に、こみ上げる涙をこらえた。

メイも同じだった。ノートをぎゅっと抱きしめて、せいいっぱいの笑顔で、メイは言った。

「約束だよ。必ず、ショーを見にきて」

きららが、かすかにうなずく。

「ぜったいだよ?」

こくん、ともうひとつうなずく。

「ぜったい、ぜったいだからね。あたしたち、友だちなんだからね。約束、破っちゃだめなんだからね」

か細いふたつの、少女の手。けがれを知らない、きららとメイの手。

いつまでもいつまでも、ふたつの手は結ばれたまま、動かなかった。

ハスキーボイス

二月下旬。いよいよビートのデザインの服を、モデルに合わせて仕立てるときがやってきた。

「スタイルジャパン」のパタンナーたち、一流の技術をもったお針子さんたちが「ヨーダの裁縫道場」に集結した。

全員、テーラーのあまりのボロさに衝撃を受けている。

そして、初めてワンダービートに会った超プロフェッショナルなお姉様方は、さらに大きな衝撃を受けていた。

「どうも、ビートです」

ひょこんと頭を下げる、ちびっこいメガネ男子。うわさの神童を初めて見て、全員、ほぉ～っとなる。

「プロデューサーのワンダです。またの名をルパンV世です」

キラッキラにうるんだ瞳の少年が、もうひとり。またもや、ほぉ〜〜っ。

「ふたりとも現役高校生よ。あー、でもってふたりともカノジョありだから」

あたしのダメ押しで、もり上がりかけたお姉様方の期待がぱちんとはじける。

「でもって、わしが総監督のミゾロギ・ヨーダ師匠である。ウォッホンッ！」

ふたりのイケてる少年のあいだから、妖怪系おじじがずぃっと出てきた。

全員ドン引きですよ師匠……。

すっかり血の気が引いたところで、あたしはみんなに言った。

「これが、東京コレクションに発表する新ブランド『ランウェイ☆ビート』のデザインです」

裁縫台の上にビートのデザイン画をずらりと並べる。またもやほぉ〜っとため息が聞こえるかと思いきや、意外にも全員、息を止めてしまった。

でも、その感じ。わかるわかる。

あたしもそうだったんだもの。最初にビートのデザイン画を見たとき。

息が止まるほど、鮮烈な形《フォルム》。

やわらかではなやかな、生地使い。

風に揺れる花々のような、かすかな色。

あかね空のように、激しく深い色。

なによりも、誰かを一途に思いつめる情熱がほとばしっている。

このデザインが服になって、誰かに着られる瞬間を考えただけで、あたしはぞくぞくしてしまった。

「あたし、これ着てみたい……」

お針子さんのひとりが、思わずつぶやいた。

あたしはビートに目配せした。ビートはにっと笑って、親指をぐっと突き立てる。

よし、感度は良好。

最高の服を、最高の技術で仕立て上げられそうだ。

初顔合わせのあと、あたしはこっそりとビートに話しかけた。

「ね。今日、きららちゃんのとこ、ひさびさに行ってみたら？」

ビートはちょっと笑顔になったが、首を横に振った。

「このさき、ショーが成功するまで会わない、ってあいつに言われちゃったんで」

「ふうん。そうなんだ」

あたしはちょっと迷ったけど、思いきって白状した。

「実はさ。このまえ、メイちゃんとふたりで会いにいったんだ。メイちゃん、どうしてもきららちゃんに会いたい、って」

ビートはびっくりして顔を上げた。

「え……なんで?」

「きららちゃんがビート君の心の支えになってる。メイちゃんは、それをよくわかってるのよ。それでお礼が言いたかったんだって。そしてこれからも支えてあげて、って」

ビートは考えこむ表情になった。しばらくして、「それで、きららはなんて言ったんですか」と、ほんの少し不安そうに聞いた。

ごめん、きららちゃん。

あなたの本心、語っちゃいます。

「『ほんとはビートに会いたいよ』。そう言ってた」

ビートはうつむいたままだった。やがて、うっすらと微笑んで言った。

「ありがと、ミナモさん」

これからショーまでのあいだは、かなり忙しくなる。モデルのフィッティングやショーの演出の打ち合わせもあるので、制作の拠点を「ヨーダの裁縫道場・東京出張所」（つまりビートの家）にうつすことに決めた（でもって総監督＝師匠もしばらくビート宅に住みこむことに……お針子さんたちはまたもや全員血の気が引いていた）。

スタイルジャパン本社か、あたしのアトリエにうつすことも考えたけど、ＷＭに気づかれるかもしれない。念には念を入れることにした。

かつてのよきライバル、パク・ジュンファに隠れてコレクションの準備をしているあたし。

でもって、やつを出し抜こうとしてるあたし。

こんなことやっても、いいもんだろうか。

ふと、後ろめたい気持ちになる。

思いきって、正々堂々と闘いたい。

だけど、あたしたちのほんとうの敵は、安良岡覧。あいつに打ち勝つためには、こうする以外ないんだ。

だめだめ。いまは、ブルーになってる場合じゃない。

すべての資料や素材をビート宅に運びこんだあと、師匠が「さて。お前たち全員、決起大会にでも行ってこい」と言う。

「なんだよ決起大会って？」

ビートが聞くと、師匠はウオッホン、とせきばらいをして、

「またの名を『合コン』。お姉さん方、全員現役男子高生に飢えとる。たまにはサービスしてやれい。わかったな？」

ご、合コン……ですか。まあ、たしかにガス抜きも必要だけどね。

大喜びのお姉様方とともに、あたしたちは駅前のカフェへ向かった。

「あ。大事な資料忘れちゃった。ちょっと取ってくる」

あたしは大急ぎでビート宅に引き返した。

マンションの前に、異様に立派な黒塗りのベンツがとまっている。あたしは不審に思いながら、「すいませ〜ん……」とビート宅のドアを開けた。

玄関にきちんと並んだ、むちゃくちゃカッコいい黒いエナメルのパンプス。

あ……これ、今年のパリコレで話題になった靴だ。そう、ブランドは、ええっと、たしか……。

「なかなかやるわね、あなたの孫……ショーが楽しみだわ」

しびれるような、女性のハスキーボイス。

どきっとした。

どこかで、聞いたことのある声。

この声は、もしかして……。

師匠、すみません。あたしもルパンⅢ世の孫、いや娘になります……。

あたしはそっと廊下から、リビングの中をのぞきこんだ。

師匠と向かい合って座っている、全身黒ずくめの女性。ゆっくり確かめるようなハスキーボイスが聞こえてくる。

「ショーが終わったら……あの件、ビート君にちゃんと伝えてくれるわよね？」

あ……まさか、この人……？

急にコワくなって、あたしは後ずさりした。そして一目散に、マンションから駆け出した。

まさか、まさか……そんなことって……!?

「ヨーダの裁縫道場・東京出張所」がフル稼働を始めた。

連日、ビートとパタンナーとお針子さんたちとの深夜までの制作。

モデルに合わせたスタイリング。これもビートが担当。ヘアメイクの打ち合わせ。業界№1のテツオさんをラッキーにもゲット。ビートの同級生のアラカワ君が話をつけてくれた。なんでだろ……。

それから、まったく無名のブランド「ランウェイ☆ビート」が、どうやってマスコミを大量に呼びよせるか。頭が痛いところだったが、ワンダがとびきりのシナリオを思いつく。もしうまくいったら、最高の演出だ。

そして、ランウェイの歩き方をミキが生徒たちに教えにくる。ミキはまだＷＭと契約状態なのに、こっそり応援にきてくれていた。

でもって、生徒全員の前で、ワンダと「交際宣言」。

ふたりして、世界の中心で愛を叫ぶ。バカップルぶり炸裂……。

そんなこんなで、目が回るほど忙しく、またたくまに日々が過ぎていった。


「ミナモさん。あの……ちょっと」

ランチタイム。メイが暗い表情で話しかけてきた。

「どうしたの。具合悪そうだけど？」

メイは首を振って、

「おとといからずっときららちゃんにメールしてるんだけど、返事がなくって……いつもはその日のうちに返事くれるのに」

メイはあれから、きららとメル友になっていた。ショーの準備の様子を細やかに伝えて、『あたしたち全員、ショーの会場できららちゃんに会えるの楽しみにしてマス』とメールしているらしかった。

「なんかあたし、胸がきゅうってなるみたいな……ヘンな感じなんです。おととい、最後に送ってきたメールもなんかヘンで……」

メイはケータイを開いて、あたしに差し出した。画面にタイトルが見える。

FROM：きららちゃん
TIME：2010／3／1　20：02
SUB：ビートのこと支えてあげてね

メッセージの部分にはなにも書かれていない。

あたしは「ちょっと来て」とメイの手を引っ張って、ビートのところに行った。

「ねえビート君。いいかげん、きららちゃんに会いにいったら？」

あたしに急に言われて、ビートはきょとんとしている。

「え……でも、あいつとの約束だから」

「約束？　なんの？」

「とにかくショーが終わったら、会いにいくからって。それまでは……」

「……ばかっ!!」

突然、メイが叫んだ。近くにいたお姉様方が、びっくりしてこっちをふり向いた。

メイはおかまいなしに続けた。

「あたしが……あたしがきららちゃんだったら……会いたくって、胸がはりさけそうだよっ！　無理をしてるって、どうしてわかんないの!?　ほんとに会いたいときに、会いにいってあげないなんて……サイテーだよ!?」

ビートは目を丸くしたままメイをみつめている。やがて、ぷいっと横を向いてしまった。

「関係ねーだろ。おれとあいつの問題だし」

あたしは驚いた。いつも明るくてすなおなビートが、ふてくされるなんて。

やっぱり、ビートにとって、きららとのことは誰にもふれられたくない聖域なんだ。

おれとあいつの問題。

メイはしばらくビートの横顔をみつめていたが、くるりと背中を向けて、足早に部屋を出ていってしまった。

その夜も、遅くまで作業は続いた。そして特別に重苦しい夜だった。

なぜって、ビートはずっと黙ったまま。メイもビートと目を合わせようとしない。

ふたりの思いっきり低いテンションが、じわじわと部屋の中を侵食する。

どうしちゃったの、ビート。

こんなの、いつものキミらしくないよ。

キミがアガんないと、みんなもダメになっちゃうよ。

だから……。

「……ビート」

リビングのドアが音もなく開いた。師匠が立っている。

一瞬、あたしはぎくりとした。

師匠、いつもとぜんぜん違う。けわしい表情で、ビートをみつめている。

「すぐに甲府市民病院へ行け。はやく」

ビートは顔を上げた。師匠の言葉に、あたしは耳を疑った。

「きららが……きららが危ないんだ……」

真夜中の中央高速。あたしは夢中でアクセルを踏んだ。

助手席でビートがうずくまっている。

後部座席のメイとワンダは、窓の外に顔を向けたまま動かない。

だめ。いっちゃだめ、きららちゃん。

いま、連れていくから。

あなたの、いちばん好きなひとを。

病院に着くやいなや、あたしたちは廊下を走った。

走って、走って、走って――

ビートは、きららの部屋に飛びこんだ。

医師、看護師、家族――おおぜいの大人たちに、ものものしく囲まれた、傷ついた白鳥のような少女。

それを見たとたん、ビートはその場に立ちすくんでしまった。

「……ビート君っ。早く、きららのそばに……早くっ！」

ぼろぼろの泣き顔で、きららのお母さんが叫んだ。

呼吸器をつけられたきららは、うっすらと目を開いた。ゆっくりとこちらを向く。

その瞬間、ビートはようやく、ベッドに向かって歩き出した。

一歩……二歩。

ふるえる両手を前に差しのべる。遠くにある星をつかまえるように。

「きらら？　……約束したよな？　ショーを見にくるって……」

夢を見るようなまなざしで、きららがビートをみつめている。

「約束しただろ……ショーが終わったら、迎えにくるって。おれ、約束破んねーから。ぜったい、迎えにくるから。だから……」

くずれ落ちるように、ビートはベッドに顔を伏せた。

どうしようもなく、ふるえる肩。

ビートが……ビートが、泣いている。

あんなに明るく、強く、いつもみんなを引っ張ってくれていたビートが。

あたしはもう、流れる涙を止めることができなかった。メイも、ワンダも。ご両親も、先生も、看護師たちも。

どうすることもできなかった。ただ、涙を流すことしか。

きららが、ゆっくりと手を持ち上げて、胸の上でかすかに動かす。

ビートのふるえるくちびるが、手話の意味をつぶやく。

ま……て……な……く……て……

ご……め……ん……ね……

「きらら？　……待てよきらら、いくな……待っ……」

だ……い……

す……

き……

だ……

よ……

きららの指先が、ビートのくちびるに、ほんの少しふれて……パサリ、と落ちた。

午前0時45分――

ひとつのちいさな命が、燃え尽きた瞬間。

暗い山影のかなたに、かすかな星がひとつ、流れて消えた。

あんなに忙しく動いていた時間が、ぴたりと止まってしまった。

流れ星が消えた夜。

あれから、ビートの時計は、時を刻むのをやめてしまった。


告別式の日、朝から冷たい雨が降った。

そしてその日は、きららの誕生日だった――とご両親から聞かされて、あたしはいっそう、胸がしめつけられた。

十六歳になる直前に、消えてしまった命のともしび。

淡いピンクの花でいっぱいになった祭壇の前、いちばんはしっこの席に、ビートの後ろ姿があった。

あれ……へんなの。

ビートって、こんなにちっちゃかったっけ？　深くうなだれるビートの背中は、声もかけられないくらいに弱く、もろく、遠くに見えた。

棺《ひつぎ》の中に横たわったきららは、ほんとうにきれいだった。

透き通るように白い顔は、きれいにメイクされて。

みつあみをほどいたやわらかな栗色の髪は、ふんわりとウェーブがかかって。

なにより、真っ白でけがれのない、夢のようなドレスを着て。

ああ、このドレス。

あたしはそれに気づいたとたん、涙がこみ上げた。

ショーのための服づくりで忙しいビートが、こっそり手縫いしてたドレスだ。

あんなデザインあったっけ？　と不思議に思ってたんだけど。

そうだったんだ。

きららのための、マリエ――だったんだ。

式が終わったあと、あたしは決心した。

だめだ、このままじゃ。

ビートにしっかりしてもらわなくちゃ、ショーがうまくいかない。

彼はいま、チームのリーダーなんだ。残酷かもしれないけれど、一刻も早く気持ちを切り替えてもらわなければ。

声をかけようとビートを探したが、どこにもいない。

「ミナモさん。ビート見ませんでした?」

ワンダがあたしのところに走ってきた。ミキとメイとアンナも一緒だ。あたしは首をふった。

「あたしも探してるとこなんだけど……」

あたしはみんなの顔をながめた。どの顔も、十六歳とは思えないほど疲れきっている。ビートがめちゃくちゃになってしまって、彼らもどうしたらいいかわからなくなっているんだ。

「……あたしがきららちゃんだったらよかった……」

消え入りそうな声で、メイがつぶやいた。細い肩が小刻みにふるえている。

「きららちゃんじゃなくて、あたしが……あたしが代わりに死んじゃえばよかった……そしたら、そしたらビート君……あんなに苦しまなくってすんだのに……」

青ざめた頰の上を、ぽろぽろと涙がこぼれ落ちる。ミキが突然、メイの肩をつかんで揺さぶった。

「ばかっ！　なに言ってんの⁉　そんなこと言って、ビートが……きららちゃんが喜ぶと思ってんの⁉　ばかメイっ！」

メイの肩を抱きしめて、ミキも泣いた。その肩に手をかけて、ワンダも……アンナも。

そして、あたしも。

ふと、あたしの肩にふれる、やさしい手。

振り向くと、溝呂木部長が立っていた。

「私は、情けない父親です……こんなとき、あいつにかけてやれる言葉がない……」

部長は、うっすらと涙ぐんだ目で言った。

「でも、あいつの気持ち……痛いほどわかるんです。私も、妻を失ったとき……もうどうしていいかわからなかった。ケンカをしていた親父も、あのときばかりは不器用ななぐさめの言葉をかけてくれたもんです。でも…… いちばんはげまされたのは、同じ仕事をしていた友人の言葉でした」

あたしは涙をぬぐって、部長のほうを向いた。

「その方は、なんておっしゃったんですか？」

部長は少しだけ、笑顔になった。

会社の友人——その当時の、部長のよきライバルにして最大の理解者は、ぼろぼろになった部長に、こう言った。

いつまで泣いてるんだ、ミゾロギ。

世界を変えるんだろ？　おれたちの手で。

さあ、いくぞ——一緒に。

おれは、お前が必要なんだ。

「その言葉を、私はいまでもよく思い出します。あのひとことで、私は救われた」

世界を変えるんだ——

部長は、まだうるんでいる目で、あたしを静かにみつめた。

「その男の名前は、安良岡覧——」

雨はいつのまにかやんでいた。

きらが、ひとすじの細い煙になって、雲のたちこめる空へと上がっていく。

その風景を遠くながめる高台の公園に、ビートはひとり、たたずんでいた。

あたしは、いままで生きてきて、こんなに孤独で、こんなにせつない、人間の後ろ姿を見たことがない。

声をかければ、たちまち泡のように消えてしまう。

それほど、ビートの後ろ姿はこわれそうで、さびしかった。

あたしたちは、ビートをはげますつもりで探し回って、ようやくみつけたくせに、誰ひとり声をかけられなかった。

はげましてあげようよ。こんなときこそ。

だってあたしたち、仲間じゃない？

あたしはそう言って、ビートの仲間たちをまずはげました。

それなのに……。

「おれ……いまは、あいつをそっとしといてやりたい……いいですよね」

ワンダがそうつぶやいた。あたしは静かにうなずいた。

知らず知らず、あたしたちは、お互いの手をしっかりと握りあっていた。

そうしていないと、誰もの心が、ビートの心と、きららの魂と一緒に、風に舞い上がってしまいそうだったのだ。

あたしたちは、必死だった。
つなぎとめなければ。
あたしたちの、絆を。
遠くにいってしまいそうになっている、ビートの心を。

闘い

ショーまで、あと三週間。

デザイナー不在のまま、準備は淡々と進められた。

あくまでも、淡々と。サツバツと。かなりあじけなく。

みんな黙々と手を動かしてはいるけど、心は上の空。

空気はよどみきって、やる気はすっかり失《う》せて、なんだかこれじゃあ物理か数学の授業中みたいじゃないか……（あたしの苦手だった教科）。

ビートは甲府の師匠の家に行ったきり、連絡もない。師匠はこっちの出張所につめてるっていうのに。

「ビート君、どんな感じですか」

あたしはたまりかねて、師匠に聞いてみた。師匠まで、黙って首を横に振るばかり。

ワンダもミキにバカレシ電話を自粛しちゃうし。めちゃバカな電話のひとつでもしてくれたほうが気が楽になるのに。

メイはといえば、心底落ちこんで――。見ているこっちのほうがたまらなくなってくる。

あたしは、猛烈にあせった。

なんとかしなければ。

これじゃあたしたちの力で、世界を変えられっこない――。

深夜、まだ作業をしていると、帰宅した溝呂木部長に「ミナモさん、ちょっといいですか」と呼び出される。

あたしはまたもやぎくりとなる。

最近、心臓に悪いこと続きだし。

向かい合ってダイニングのテーブルにつくと、部長はいきなり「やられた」と言った。

「え？　ど……どうしたんですか？」

「ショーの会場に押さえていた原宿ビバホール。今日になって、契約破棄を申し入れられた」

「……ええっ!?

「ど……どういうこと!?　ショーまであと三週間切ってますよ!?　そんなこと……」

「会場を運営する会社は、契約違約金を払ってもいいと言ってる。とにかく貸せないと」

「そんな……それじゃあたしたちのショーは……」

部長は力なくうなだれた。

「いったい誰が……」

あたしはつぶやいて、はっとした。

気づかれたのだ。WMに──。

あたしは立ち上がると、「ワンダ！　パソ持ってきて、早くっ！」と叫んだ。

ワンダがノートパソコンを持ってすっ飛んできた。あたしのあまりの大声に、がくがくしている。

「ど……どうしたんですかっ!?　まさかビートになにか……!?」

「すぐネットで調べて。渋谷、原宿、代官山、恵比寿周辺で、300㎡以上あるイベントホール。まだ押さえられていないところっ！」

ワンダは事態をのみこめないまま、高速でキーボードを叩き始めた。

「ムダだよ。もう全部調べた」

部長の弱々しい声がした。あたしとワンダは同時に部長を見た。

「すべての会場が押さえられてる。まさかこんなところは、っていうようなところも……東京タワーや六本木ヒルズの展望台、学校の体育館や銭湯まで」

せ、銭湯までっ⁉

「きららちゃんのことがあって油断をしてたらこのザマだ。……すべて私のせいだ。申し訳ない」

部長は立ち上がると、あたしたちに向かって深々と頭を下げた。

あたしは黙って部長の頭のてっぺんをみつめていたが、たまらなくなって部屋を飛び出した。

「ミナモさんっ⁉　どこ行くんすか⁉　おれも……」

ワンダが追いかけてくる。玄関で靴をはくと、あたしは振り返った。

「いいからあんたはネットで会場探し続けて。これはもう、ＳＪとＷＭの闘いじゃない。あたしとあいつの闘いだから」

そう言い捨てて、あたしは夜の街に飛び出した。走りながら、パク・ジュンファにメールする。

『言いたいことがある。いまから会えない？』

二十秒後、返事がきた。

『ふたたび愛のコクハクかな？』

光速で打ち返す。

『西麻布のあの店で待ってろこのタコ！』

西麻布のしゃれたバー。店の前に、黄色いランボルギーニがとまっている。

なんだこのイヤミな車はっ。どーせ若い女の子をくどくための道具でしょっ！

そのバーは、あたしとパクの思い出の場所だった。国際モード学園を卒業して、お互いに進む道が決まったとき、祝杯を上げた場所。

パクはSJのメインデザイナーにばってきされ、あたしはフリーでデザイナーに。

そしてあの夜。あたしはパクに打ちあけたんだ。

自分のほんとうの気持ちを。

カウンターに座って、超スカしたカクテルを飲んでるかと思いきや、パクはウーロン茶をすすっていた（飲酒運転厳禁だもんね……なかなかマジメじゃないの）。

あたしが入ってきたのをみつけると、キラリ～ンと歯を光らせて、チャッ！と右手を上げた。

「やあ、ヒサシぶりだね。ワタシに言いたいことって……ぎゃあああっ!?」

あたしはいきなりパクの前髪を思いっきり引っ張った。ヅラだったらマスコミに売ってやるッ。

「あだだだだだ、な、なにをスルッ!?」

なんだ、ヅラじゃないのか。ん、まあ、よかった（↑本音）。

あたしは立ったままで、即本題に入った。

「単刀直入に言うけど。あたしたちのショー、ジャマすんのやめてくんない？」

パクはコンパクトミラーを取り出して、髪型をチェックしている。完全に無視。

「ちょっと。聞いてんのかコラ（怒）」

こっちはモロに地をさらけだしてるっつーのに。パクは涼しい顔であたしをちらりと見た。

「ふーん。ミナモもショーの準備をシテルのカイ？　東京コレクションの？」

「あたりまえでしょ。あんたそれ知ってて……」

はっ。

しまった。自分から白状してしまった。

「へえ。それはオモシロイね。このワタシと、勝負スルつもりなのカイ？」

パクは銀縁メガネの奥の目を光らせた。

あたしはぐっとつまったが、思いきって言った。

「どうしちゃったのパク？　あのとき、この店で、あたしたちずっと一緒に……モードの世界で正々堂々、渡り合おうって約束したじゃない？　いまのパクは……あのとき、あたしが好きだったパクじゃないよっ」

……あれ？　なんか、あたし……。

な……泣いてる？

「……ミナモ？　どうし……」

ほとんど反射的に、パクの手が伸びた。あたしのぬれた頬に指先がふれる。

あたしはその手を振り切って、もう一度、夜の街へと飛び出していった。

次の朝早く。あたしとワンダは、渋谷駅近くにいた。

あたしたちの目の前には、どデカい廃ビルがある。もともとファッションビルだったんだけど、地下鉄の工事があるとかで、閉鎖されて、もうすぐ取り壊されるのだ。

あたしはぐるりと周囲を見回した。渋谷駅前の交差点がすぐ近くに見える。

「なるほど。ロケーションはバツグンね」

昨夜、あたしがパク・ジュンファと会っているあいだに、ワンダが信じがたい速さで、ショーができそうな物件をいくつか探し当てていた。まったく、こういうことを任せると、この子は天才的だった。

「この環境。おれ的にはかなりソソられるな」

ワンダがにっと笑う。そして、物件データが印刷された紙をあたしに手渡した。

「ただし、このビルの現所有者が……ちょっと信じられない人物なんですよ」

さすが、もうそこまで調べたのか。

「大丈夫。ＷＭか街中開発でない限り、なんとしても交渉してみせるわ」

そう言ったものの、あたしは物件データに目を通したとたん、雷に打たれたようになった。

「……うそ。マジで⁉」

ワンダは助けを求める子犬のような目で、あたしを不安そうにみつめている。

あたしもみつめ返していたが、突然笑い出した。

ワンダはぎょっとしている。きっと、あたしがおかしくなってしまったと思ったに違いない。

「……この勝負、いただきだわ」

ようやく笑いがおさまって、あたしはびっくりしたままのワンダに言った。

「このビルの所有者は――おそらく、師匠のご友人なはずよ。さっそく、師匠にかけあってみる」

その日の午後。あたしは仲間たちと一緒に、甲府の「ヨーダの裁縫道場」を訪ねた。

ＷＭにこっちの動きを気づかれたこと、会場を横取りされてしまったこと。それ以外にも、ビートと話し合わなければいけないことが山ほどある。

もう、一瞬だってムダにできない。

あたしたちは、覚悟していた。

今日、ビートを説得できなかったら——プロジェクトを、解散するしかない。

「ビート君。聞こえる？　ねえ、このドアを開けてくれない？」

ビートはすっかり自分の部屋に引きこもってしまっていた。あたしの呼びかけにも、うんともすんとも返してこない。

「マズいことが起こったの。ＷＭに、こっちの動きを気づかれた。向こうは、全力であたしたちをつぶしにきてる。もともと決まってた会場も……やつらに押さえられちゃったのよ」

しーん。だんだん、イライラのボルテージが上がってくる。

「ねえビート君。キミの気持ちは痛いくらいわかる。でもね、キミがこうなっちゃってから、みんながどれだけ心配してるか考えてみた？　このプロジェクトはチームで動いてるのよ。そのリーダーが逃げちゃったら、誰だって不安だよ？」

ミキがドアに向かって語りかけた。

「ねえビート。あたしのこと助けにきてくれるんじゃなかったの？　まだ作戦完了してないいんだよ。あたしはいまも、ＷＭにとらわれの身なんだよ？　あたし、待ってるんだよ」

部屋の中は、気味が悪いくらい静かだ。

あたしたちは全員、顔を見合わせた。

いやな予感が走る。

まさか――――。

「……ビート？　おいっ、ビート!?　返事しろよ、返事してくれよ！　なあって！ビートっ！」

突然、ワンダがドアを猛烈に叩き始めた。あたしもがまんできなくなって、一緒に叩き始めた。ミキも、アンナも。口々に、「ビート！　ビートっ！」と叫び始めた。

ただひとり、メイだけがずっと黙ったまま、みんなの後ろにたたずんでいる。

そうやって、どのくらいのあいだ、ドアを叩き、叫び続けただろうか。あたしたちはすっかり疲れて、廊下にしゃがみこんでしまった。

もう、だめなんだろうか。

あたしたち、もう、解散するしか――。

「お願い。もう、やめてあげて」

しゃがみこむあたしたちに、メイが静かに言った。あたしはメイを見上げた。

「もうじゅうぶんだよ。ビート君は、わかってくれてる。あたしは……そう信じてる」

しみ入るようにあたたかな声で、メイはそう言った。

そして、バッグからノートを取り出すと、その中の1ページを、びりっと破った。

あ……そのノートは……。

メイは破ったページを、ドアの下のすきまから、すっとさしこんだ。

ワンダが、「あ……」となにか思い出したような顔になる。

メイはワンダに目くばせして、ほんの少し微笑んだ。

十秒後。

かちり……とドアが開いた。

「ビート君……」

メガネをはずして、少し頬がこけて、だけどちょっぴり大人の男の顔になって。

とうとう、ビートが現れた。

ただし、もう昔のビートじゃなかった。

新しく、生まれ変わったビートだった。

「みんな、ごめん。……でもって、ありがと。おれ、まじにうれしくって……なんかちょこっと……泣ける……」

「う……うわあ～～っ。ビートのばかばかばかあ～～っ！」

と、泣きべそをかきながら、最初にビートに飛びついたのは、なんとワンダだった。

「あ～ずるいいっ！　あたしもあたしもっ！」

とたんにミキも飛びついた。アンナもダッシュした。

「うちもぉ～っ！　きゃあ～ビートあいしてるぅっ！」

ええいっ、こうなったらあたしも相乗りだあ！

「なにぃ～っ!?　あたしのほうがビートをあいしてるぞおっ！　大人の女の魅力だぞっ！」

「おれもあいしてるっ！　好きだぁビート！」

「きゃあっなによ〜ワンダ!?　あたしじゃなくってそっち〜!?」

オンボロな家の廊下は、もう大騒ぎになった。

みんなに抱きつかれて、ビートはもごもごになってる。

「ちょ…ちょちょ、ちょっと待った……い……息できねーよ……」

片手をすぽっと出すと、みんながダンゴになるそばでおろおろしていたメイの腕をつかんで、ぐいっと引き寄せた。

「きゃっ。ちょ、ちょっとビート君……」

あたしたちは、いつのまにかスクラムを組んでいた。

「ほら、メイちゃんも一緒に。んじゃ、やるぞぉっ！　目指せ世界制覇……じゃなくてえ、銀河系制覇っ!!」

ビートのかけ声に、全員、「おーっ！」とこたえる。

みんな、めちゃくちゃいい笑顔だ。

ビートの足もとに、ひらりと落ちたノートの一ページ。

そう、あたしとメイが、初めてきららを訪ねたとき、きららが書いたうっすらとまるっこい文字が、そこにはあった。

『あたしは元気だと、ビートに伝えてください』

ビート。

で、覚悟はできたよね？

一緒に世界を変えるって。

ジャック

うんめいのであい――

あたし、塚本芽衣《つかもとめい》。ただいま、十六歳の春休み中。

まだ夏が終わらないころ、駅前のショッピングセンターで、運命の出会いを感じてしまった。

そう、初めてビートと出会った瞬間に。

あのときの気持ち、いまも胸の中にある。

とくんとくんと脈を打って、いつもあたしを熱く、せつなくさせる。

運命の出会いを運んできた、特別な男の子。

あたしだけじゃない。ミキにも、ワンダにも、アンナにも、クラス全員にとっても。

ミナモさんにとっても。

きららちゃんにとっても。

出会ったすべての人に、きっとビートは運命の出会いを感じさせてしまったはずだ。

そして、今日。東京コレクション初日。

ミナモさんのライバル、パク・ジュンファ。

WM社長、安良岡覧。

会場をうめつくす、すべての人々。

ひとり残らず、感じさせてあげる。

ビートと、ビートの作り出すデザインとの、運命の出会いを。

あたしはいま、ショーの会場にいる。

ただし、「ランビー」の会場じゃなくて、WM&パク・ジュンファのブランド、「PeakPark」の会場、原宿ビバホールだ。

ものっすごい数の招待客が続々と到着している。あたしは首から偽造バックステージパスを下げて会場内の様子をうかがっている。これ、ワンダが偽造データで作ったパスだもんね。ふふっ。

『はろー♪メイ☆　そっちはどお？』

アンナからのメールだ。アンナはテツオさんに大人顔メイクしてもらって、ＷＭスタッフになりきって楽屋に潜入中。

『ほぼ満席ナリ☆　おっさんたちが配られた資料見てはなぢ出しそうになってる（ワラ）』

受付で手渡される資料には「コレクションテーマ・初めてのえっち♡　超カゲキなデザインに立花美姫が挑みます！」と書いてある。そりゃフツーのおっさんなら期待するよね……。

『ほいきた☆　こっちはヤバヤバでテンション上がってきたよっ　なんせミキティがまだ来てないんだからね！　安良岡らしきおっさんとパクジュンがまじ青くなってる。あ、パクがヒステリー起こした！　中継するよん♪』

数秒後、アンナからムービーが送られてきた。

『オオ～っミキティは!?　ミキティはドウしたンダ!?　カノジョが来ないと始められないじゃナイカっ！　うるさいっこの（ピ――）！　お前なんか（ピ――）！』

うわ……まじでキレてるパクジュン……放送禁止用語大連発……（汗）。

開演予定時間、十分経過。ぱんっぱんにふくれ上がった会場内は、しだいにざわざわし始める。どんなカッコでミキが登場するか期待もぱんっぱんにふくらんでるだけに、「さっさとミキティ出せコラ」的な熱気が会場を包みこんでいる。

よし、そろそろかな。

あたしはワンダにメールした。

『こちら原宿ビバホール。会場内、最高に期待度高まってます。そろそろ、やっちゃってください♡』

五秒で返信がくる。

『了解。やっちゃいます♡』

プルルル〜ッ。ピロロロ〜ッ。チャララ〜。ルルルルル。ヴーヴーヴーヴー。

会場内のケータイというケータイが、いっせいに鳴り始めた。

「え？」「あれ？」「おれの？」「あたしの？」「ケータイ？」「鳴ってる？」「だれ？」「これ？」

観客がいっせいにケータイを取り出す。招待客の個人データは、事前にワンダがWMにハッキングしていただいちゃってたワケ。

ぱかっ。ぱこっ。かちゃっ。ぱくん。客席のあちこちでケータイのフラップが開く。

液晶画面に現れたのは――――。

『立花美姫です。渋谷駅前の廃ビル、〝ササクラビル〟屋上で待ってまーす☆』

「ええ――――――――――っ!?」

ミキのムービー付きメールを受信して、会場は騒然となった。観客全員、見事に気が動転してる。

「み、ミキティだっ!! ミキティのナマメールだっっっ!!」と必死に発信元を登録するおっさんたち。いやいやそれはワンダの仮メアドから送ってますんで。

パッパア～～ンン。会場の外で、勢いよくバスのクラクションが鳴り響く。ドアが開いて、会場に飛びこんできたのはゴウダだ。

「ササクラビルに移動したい人～！　表でバスが待ってま～す」

ゴウダの号令に、全員、うわあっ、と出口に流れ出した。

「はい、こっちですよ～！　あせんないでね、バスは十台以上きてますから！　はいはい、押し合わないで……ムギュッ」

ゴウダを押しつぶしそうになって、観客はバスに殺到している。

「いったいなにが起こったんでしょうか!?　観客はすごい勢いでバスに乗りこんで

います！　立花美姫、なにものかと共謀して前代未聞のショージャックです！」

テレビ局のリポーターが声をからして叫んでいる。あたしは人波に流されそうになりながら、アンナが楽屋から出てくるのを必死に待った。

「こっちです、社長！　パク先生！」

キタッッ。

アンナはスタッフになりきって、真っ青になった安良岡とパクを誘導している。そして、まんまとバスに乗っけてしまった。

「やりっ！」

ぱちん、とハイタッチ。アンナはすぐにヘルメットを投げてよこした。

「早くっ。バスよりさきにあっちに着かなくちゃ！」

バスの後ろにとめていたアンナのミニバイクに、あたしたちは飛び乗った。

「いくよっ。世界制覇目前っ!!」

アンナが叫んで、バイクはかっ飛ぶように表参道を走り出した。あたしはもう、空を飛んでる気分になった。

待ちに待ったショー。

あたしたちの夢のステージ。

もうすぐ始まるんだ、三十分後に。もう待ちきれない。
見ててね、きららちゃん。
いますぐ行くからねっ。ビート君!!

Ready?

おもちゃ箱をひっくり返したみたいににぎやかなササクラビルの楽屋。

あたしとアンナは息を切らして飛びこんだ。

「あっら〜メイちゃんアンナちゃん。んっも〜おっそいじゃないの〜」

いちばん最初に反応してくれたのはテツオさん。

「あっら〜アンナぜんっぜんメイクくずれてなあ〜いっ。さすがテツオさんだわ〜」

と、チークブラシを動かしながらアラカワが身をクネらす。なんかすごいメイクアップコンビなんですけどこのふたり……。

「で、まんまと向こうの観客かっさらってきたワケ？　やるねえ最近の高校生は」

そう言ってウインクしたのは、超売れっ子スタイリストの二階堂さん。今回のことをミキに聞かされて、助っ人にきてくれた頼もしいおじさま。

信じられないような超プロフェッショナルな人々が、あたしたちのショーのために動いてくれている。

「受付でチェックしましたけど……オーナーさん、まだ来てないみたいです」

そわそわしているミゾロギ部長＝ビートのお父さんに、あたしは預かっていたメモを渡す。

メモには「笹倉散華《ささくらさんげ》」と書いてある。このビルのオーナーで、いつも全身黒ずくめのファッションだとか。師匠も部長も、ものすごく首を長くして、この人の到着を待っているようだ。

「お父さん……笹倉先生はほんとうに来られるんですか」

部長は近くに座っている師匠に聞く。師匠はゆっくりとうなずいた。

「もちろんだとも。彼女は、伝説になるショーを見逃すほどバカじゃない」

生徒たちでごった返す楽屋の中をきょろきょろして、あたしは必死にビートを探した。

ビート君。

ビート君、どこ？

ぐいっと腕を引っ張られて、反射的に「きゃっ」と首を引っこめた。

「メイちゃんこっち。最終確認するから」

ビートだった。

あたしはぐんぐんビートに引っ張られて、舞台のそでに連れていかれた。

うわっ、どうしよう。

ビートと……手つなぎっ!?

舞台近くには、ミナモさん、ワンダが待っていた。ミキもいる。あたしを見ると、全員笑顔になった。

うわっ、ちょっと待って。んもう、ミキティ見てられないくらいきれいなんだけど!?

「じゃあ、会場のタイムキープはメイちゃん。いいね。ヤマサキ先生が『Q』出したらオンエアだから。ワンダ、ネットの配信はＯＫだよな？　カメラさん、こっちに。ミキちゃん、スタンバイは？」

ワンダとミキは同時にうなずいた。

ビートはミナモさんを見た。

「ミナモさんも？」

ミナモさんは大きくうなずく。

ビートはふり向いた。ミゾロギ部長と師匠が、並んで立っている。ふたりとも、ゆっくりとうなずく。

あたしの心臓は、痛いくらいに高鳴ってくる。

「……メイちゃん？」

熱い、まぶしい。ビートの視線。

あたしは、大きく、ゆっくりとうなずいた。

あたしたちは全員、ヘッドホンマイクをつけた。

ワンダの声が耳の奥に響く。

「二十秒前。カウントダウン、入ります」

20……19……18……17……

小走りに会場へ向かう。屋上に出たとたん、あたしは息をのんだ。


す……すごっ。なにこれ!?


ものっっっっっっすごい人だ!!

元ファッションビルの十二階にある屋上を完全にうめつくして、人影がうごめいている。

いったいこれからなにが起こるのか、誰にもわからない。ふくれあがった期待が強烈なエネルギーを発してる。

10……9……8……7……

ステージ下で待機していたアンナの隣にすべりこむ。アンナが「あれ見て」と指差した先に、安良岡とパクの不安そうな顔があった。

5……4……3……2……1……

フッ、と一瞬会場が真っ暗闇になる。

パッ。

屋上の中心を貫いて作られた長いランウェイが、ライトに浮かび上がる。その後ろにある巨大スクリーンいっぱいに、ミキの特大の笑顔が現れた。

あ!?

会場をうめつくした人、人、人。その全部の口が、ぽかんと開く。

ビルの屋上をぐるりと囲むように見える、渋谷駅前のいくつものビルの、いくつもの巨大スクリーン。そのすべてに、ミキの特大アップが映し出されたのだ。

『タチバナミキです。あたしの初めての恋、ぜーんぶ見せちゃう。Ready?』

GO!

ランウェイに沿っていっせいに花火が炸裂。火花と真っ白い光がはじけ散った。

ドワァ――――――ッ!!

とたんにわきあがる大歓声。

大音量のアップテンポのミュージック。

会場は、一瞬で別世界に変わった。

真っ白い光の中を、さっそうと歩み出てきたのは、もちろんタチバナミキ。

わあっ!! とあたしはわれを忘れて、観客と一緒に歓声を上げる。

きれいっ!

ものすごくきれいだ!!

ランウェイのいちばん先端まで行くと、ぐっとポーズをキメッ!

信じられないくらいのフラッシュが、カシャカシャカシャカシャーッ! 数えきれないくらいのテレビカメラも回る。

キタッ！　続いて、一年A組のみんなが次々に現れる。男子が女子をエスコートするような感じで。

みんな堂々として、ちっともてれてなんかいない。自信にあふれて、カワイくて、サイコーにカッコいい。

ああ、なんかすごくいいッ！　めちゃくちゃいいよッ!!

「ちょっとマジ？　カッコいいよゴウダ！」

ゴウダもキメキメで、特別参加してくれたカノジョと手をつないで出てきた。

「ゴウダあ～っ！」とあたしとアンナは思わず声を上げる。

ステージの大画面にはランウェイの様子が映っている。と、突然、渋谷の駅前の女子高生たちの顔が映し出される。

『え～あれタチバナミキ？　あっ、なにうちら映ってる？　きゃ～～っ!!』

カメラに向かってピースピース！　会場がどっとわいて、いっせいに拍手が起こる。

「な……なんということでしょう、信じられません！　まったく無名のブランドのショーに、あの立花美姫が……おっと、いま情報が入りました。このブランドの名前は『ランウェイ☆ビート』、デザイナーの名前は……」

リポーターが最前列でテレビカメラに向かって中継している。担任のヤマサキがカメラクルーに向かって「Q!」を出す。ハンドカメラがすっ飛んでいって、リポーターの前に立つ。ステージの大画面に映し出されたリポーターが叫ぶ。

「デザイナー、ミゾロギ・ビート。な、なんと十六歳！ 現役高校生！ 驚くべき東京コレクションデビューです!!」

とたんに、わああ――ッ、と熱い歓声が上がる。

そして、最後にステージに登場したのは――。

白いマリエ姿のミキ。なんと、白いジャケットとパンツのワンダにエスコートされて。

ふたりはすっごく幸せそうに、お互いの顔をみつめ合って、キラッキラの笑顔で、ぴったり息を合わせてランウェイを歩いてくる。

サイッコーにお似合いのカップル。

いっせいに光るカメラのフラッシュは、目を開けていられないくらいだ。

あたしは目をつぶりかけて、あっ、と気づいた。

最前列に座って、微笑する全身黒ずくめの女性。

そして、その隣にそっと寄り添っている空っぽのオレンジ色の車椅子――。

ランウェイ

ビート！　ビート！　ビート！　ビート！


波が押し寄せるように、会場をうめつくすデザイナーコール。

東京コレクション初日、「ランウェイ☆ビート」はついにデビューを果たした。

ＷＭの招待客を、根こそぎかっさらって。

ものすごい数のマスコミを呼びよせて。

安良岡覧と、パク・ジュンファ。アゴが抜けそうなほどボーゼンとして。腰まで抜かしたのか、ふたりとも最前列から一歩も動けずにいる。

黒ずくめの女性……たぶんあの人が、このビルのオーナー、笹倉散華なんだ。微笑しながら立ち上がると、人波の中に立ち去った。

そして、オレンジ色の車椅子。きららのご両親が、イスの背にさわって涙をぬぐっている。

あたしは、ビートの名前がコールされるのを聞きながら、目の前がかすんで、もうなにも見えなくなってしまった。

見てる？　きららちゃん。

ビート君、約束守ってくれたよ。

最高のショーを見せてくれたよ。

わっと歓声が上がり、あたしはあわてて顔を上げた。

ランウェイの先頭にしっかりと手をつないでミキとワンダが、そのあとから一年A組の生徒たちが、コールにこたえて次々に出てくる。みんな手を振ってる。どの顔も輝いてる。

続いて、もっと大きな歓声を受けて、登場したのはわれらのミナモさん。

もう、生徒たちにめちゃくちゃに抱きつかれて、くしゃくしゃの笑顔になってる。

あ、でも……ちょこっと涙が。

「南水面じゃないか!?」

「彼女が黒子《くろこ》だったのか!?」

「信じられない……十六歳と組んだとは……」

会場からため息がもれる。あたしは、自分のお姉ちゃんのことみたいに、ミナモさんを自慢したい気分になる。

さあ、この次に出てくるのは……。

ビート！　ビート！　ビート！　ビート！

デザイナーコールが響く中、会場じゅうの視線がランウェイの奥を一点にみつめている。

だけど、出てこない。

ビートが、出てこない。

「ビート！」「出てこいよー！」「ビート！」「ビート君っ顔見せて～！」「きゃあ～っビート君っ！」

みんな、口々に叫んでる。

まるで、自分の弟、息子、友だち、大好きな男の子……の名前を呼ぶみたいに。

不思議な連帯感が、会場じゅうをいっぱいに包んでいた。

ビート。不思議な名前をもつ男の子を、一目でいい、見てみたい。

初恋の思い出を呼び起こしてくれた、魔法使いみたいな男の子。

東京のファッションを、世界一のファッションにしようともくろむ男の子。

もっとおしゃれに、もっと前向きに、ハッピーに生きていこうって思わせてくれた男の子。

あたしたち、みんな、ビートに会いたい。

お願い、ビート。出てきて。

ランウェイに――――。


その瞬間、あたしの耳に、爆発のような歓声がこだました。

ランウェイの中央に、光る風のように飛び出してきた男の子。

「きゃーっ！　ビート君っっ!!」

ともう、あたしは人生最大のボリュームで思いっきり叫んでしまった。

「うっわ……まじカッコええ……」

アンナがヘッドホンマイクを通して思わずつぶやく。

ああ、あたしはもう、目を開けていられなかった。

ビート君、まぶしすぎだよ。

もう、あたしなんか、とても近づけないくらいに。

と、ビートがランウェイをすたすたと歩いてくる。こっちに向かって。どんどん、近づく。

え……え。え、え？

あたしの目の前に、ビートがいる。

あたしに向かって、手を差し出してる。

「……迎えにきた」

えっ。

信じられなかった。

遠くの星のようにきらめいていたビートが、いま、目の前にいる。

あたしを、みつめている。ただ、じっと。

迎えに……きてくれたの?

あたしを……?


涙……が、こぼれた。ひとつぶ、ふたつぶ。

あとはもう、止められなかった。

あたしとアンナはビートに手を取られて、ランウェイに引っ張り上げられた。あたしはビートと手をつないだまま、ランウェイの中央に歩いていった。そしてあたしたちは全員、手をつないで、会場に向かっていっせいに頭を下げた。

まぶしいスポットライトの中で、あたしはなかなか顔を上げられなかった。

だって、ぐしゃぐしゃに泣いちゃって。

ビート! ビート! ビート! ビート!

拍手と歓声は、いつまでもいつまでも鳴り止まなかった。


ショーが終わった。

楽屋は今度こそ、世界じゅうのおもちゃ箱をひっくり返したような騒ぎになった。

みんな抱き合ったり、飛びはねたり、ど突き合ったり、笑ったり、泣いたりして。

ビートは全員からハグの総攻撃を受けた。あたしもドサクサにまぎれてやっちゃおーかな、なんて。

大騒ぎしているところへ、師匠がずいっと出てきて、威厳ある声でそう言った。

「ビート。よくやった」

「たかが十六歳の小僧がなにをできるものか……と正直思っとった。がしかし、このたびのことはまことにあっぱれ、感服したぞ」

って時代劇入ってますよ師匠……。

「じいちゃん。ありが……」

と言いかけたビートの顔の至近距離に、すこ～ッ！　と霧吹き攻撃再び！

「なわきゃないだろがッ！　ミナモさんやみんなの協力のおかげだッ！　お前はまだまだ修業が足りんわい！」

どっと笑いが起こる。ミゾロギ部長も楽しそうに笑っている。ああ、なんかみんなサイコーの笑顔だ。

ぎい……と楽屋のドアが開いた。ふり向いた瞬間、あたしは凍りついた。

入ってきたのは、安良岡覧とパク・ジュンファだった。

楽屋は急に静まり返った。

うわっ……どうしよう。

よく考えると、あたしたちはものすごいことをしてしまったのだ。

契約関係にあるミキを横取りして、WMの招待客を全員奪っちゃったんだ。

生まれたばかりのブランド、「ランウェイ☆ビート」をつぶすことなんて、彼らにはたやすいことなはずだ――。

あたしたちを守ろうとするように、部長は一歩、前に出た。同時に、ミナモさんも。

そして、部長がなにか言おうとした瞬間。

「完敗だ」

安良岡の口から、信じられない言葉がこぼれ出た。部長は目を見張った。

「ここまでやられるとはな。さすがだよ溝呂木、お前はやっぱりすごい。お前の息子も」

パクもめずらしく白い歯を見せずに、静かに笑いかけた。

「ワタシもデザイナーとして、ビート君のすばらしさにカンドウしました。そして、プロデューサーとしてのミナモの才能にも。ミナモ。やっぱりキミはすごい」

ミナモさんはパクを見た。目がいっぱいにうるんでいる。

安良岡は笑顔で言った。

「これからは正々堂々、お互いのブランドで闘おうじゃないか。おれにはお前が必要なんだよ。お前みたいな、ホネのあるライバルが」

安良岡が差し出した手を、ミゾロギ部長がしっかりと握った。パクとミナモさんは歩み寄ったかと思うと……。

きゃっ。あっついハグ、しちゃいました。

おおっ、と声が上がり、自然と拍手がわきあがった。

ビートもちょっとてれくさそうな笑顔で、一緒に拍手している。

楽屋はあったかい拍手でいっぱいになった。

行かないで

三月第三週目。

その日は、あたしたちの学校の卒業式だった。

卒業生を全校生徒で見送るのが、この学校のしきたり。卒業生とお別れするのが悲しいっていうよりも、クラス全員、教室にひさびさに集まるのがうれしい、ってほうがぜんぜん勝ってた。

東京コレクションのショーを通して、あたしたちクラスは、ほんとうにひとつになれた。

あたしはそれがなにより、うれしかった。

もちろん、「ひとつ」の中には、ビートも入ってるわけで。

つまり、ビートとも「ひとつ」になれたわけで……あ、なんかちょっとてれる。

あたしはまたもや、なんていうか、一線を越えた……みたいな気持ちでいっぱいだった。

「ねえママ、この髪型どお？　ヘアアクセ、これでいいかな？」

登校するまえ、あたしはママにファッションチェックをお願いした。ママは、うんうん、とうなずいて、

「トップのおダンゴもキマってるし。ラインストーンのアクセも、このまえのショーでビート君、いっぱい使ってたわよね」

あたしは自然と赤くなってしまう。そう、いつのまにかあたしは、ビート好みのファッションの傾向と対策を、しっかり身につけてしまっていた。

「芽衣。あんた、変わったわね」

玄関まで見送りにきたママは、靴をはくあたしの背中に向かってそう言った。

「高校生になっても、ちっともおしゃれに関心なかったじゃない？　ママ、さびしかったのよ。それなのにどう？　最近の芽衣ったら。信じられないくらいおしゃれになって……でもって、すっかりきれいになっちゃって」

ママはうれしそうな笑顔であたしを見てる。あたしはすっかりてれてしまった。

「やだなあもう、なに言ってんのママってば」

「ビート君のおかげかな。感謝しなくちゃね。……あ、でもママはどっちかってい

うとパクジュンのが好みだからね。パパにナイショで『PeakPark』の服、買っちゃおっかな」

でもあのブランド、半ケツ&ハミチチだよママ……。

「おはよっ。あれっ、メイそのヘアアクセ超かわいいっ。どこで買ったの?」

校門のところで、アンナが後ろから抱きついてきた。

「あーこれね、このまえのショーに使った残りをもらって自分で作ったの」

「えーマジでマジで? うちにも作って〜」

「てか、先にあたしに作ってよねメイ」

あたしとアンナのあいだに割って入ってきたのは、ミキだった。あたしたちは両側からがしっと抱きついた。

「きゃあ〜ミキティ! 見たよー週刊誌! 『立花美姫、超イケメン同級生といずれ結婚!?』」

「『俳優Aの双子の弟か!?』っておれのほうがイケてるっつーの」

またまた割って入ってきたのは、ワンダだった。

ミキがすかさずワンダの腕に抱きつく。

「おはよーワンダっ。だよね～ワンダのほうがどんなイケメン俳優よりイケてるよね～」

「だろ～？　じゃなきゃミキちゃんのカレシなんてつとまんないし～」

いやはや、朝からおアツいこって……。

教室ではあちこちで、ハイタッチしたり抱きつき合ったり、ショーのあとの楽屋そのままに明るいムードがあふれていた。

でもって、誰もなにも言わないけど、全員、ビートが来るのを心待ちにしてるのがわかる。

ビートが来たら。

あたしはドキドキしてきた。

最初に、なんて言おう。

こないだはおつかれ！　とかかな。

取材殺到してるって？　とふってみるかな。

今度、ふたりっきりで会えないかな……なんて、いくらなんでも高度すぎ？

始業十分前。あたしはたまらなくなって、廊下に出た。トイレに行こうとして、校長室の前を通りかかったとき。

ガチャッとドアが開いて、中から出てきた人とぶつかってしまった。

「まあ、ごめんなさい。……あら、あなたは？」

よろめいたあたしに手を差しのべたのは、全身黒ずくめの女性。なんと、笹倉散華だった。

「たしかこのまえのショーで、スタッフをしていた……そうでしょ？」

あたしはうなずいて、ぺこりと頭を下げた。

「こ、このまえは……ショーの場所を貸してくださってありがとうございました」

散華さんはにっこりと笑顔になった。

「あんなにすばらしいショーのお役に立てたのならうれしいわ。彼は……ビート君は、ほんとうに才能のある子なんだと、はっきりわかったし」

あたしは散華さんをみつめた。深い瞳が、みつめ返してくる。

「彼は世界にはばたいていく運命よ。行かせてあげてちょうだいね」

そう言ってから、ヒールの音を響かせて去っていった。

なぜだろう。胸騒ぎがする――。

始業時間になってもビートは教室に現れなかった。

あたしたちはみんな、そわそわし始めた。

「ビート、遅刻かな」

ゴウダがでかい声でひとりごとを言った。全員、ゴウダに向かってすごい勢いでうなずいた。

ガラッ。教室の戸が開いて、みんないっせいにそっちを向いた。

入ってきたのは、担任のヤマサキだった。みんないっせいにがっかりする。

「やあ〜みんな。このまえはおつかれッ！」

ヤマサキがお茶目に言ったが、誰も反応しない。ヤマサキはあからさまにがっかりしてる。

「なんだお前ら元気ないな〜。そうかわかったぞ。今日でおれと会えるのが最後だからか？　いくらさびしいからって、おれが念願のテレビ局に転職するの、喜んでくれよ！　はい、『Q』！　ってか。ハハハ……」

しーーーーん。ヤマサキはコホン、と小さくせきばらいをした。

「ところでみんな。ビッグニュースがある」

みんないっせいに前のめりになった。

前もそうだったけど、ヤマサキがビッグニュースってときは、いい知らせなはずだもん。

「ミゾロギは、引っ越すことになった」

え？

教室は、水を打ったように静まり返った。

「お前ら、気づいたか。この前のショーの最前列に座ってた、ほら……全身真っ黒の女性。あの人こそ、笹倉散華。日本人で初めてパリコレに参加した伝説のデザイナーなんだ」

えっ。

悪い予感が全身を貫いた。

行かせてあげてちょうだいね。

さっき、散華さんから聞いた言葉は——。

「彼女は、ベルギーのアントワープにある世界的なデザイン学校の理事をつとめている。それでミゾロギを留学させたいと申し入れてきたんだ……」

ヤマサキは長々と事情を話し始めた。あたしたちは全員、すっかり固まってしまった。

あ……アントワープ!?

ピロロ〜ッ。チャララ〜。ヴヴヴヴヴ。

教室のあちこちで、突然ケータイが鳴り響いた。全員、あわててケータイを開ける。

ビートからのメール……!?

『1-Aのみんな。おれ、急に引っ越すことになった。ほんとはちゃんと顔見て言いたかったんだけど』

サイコーのショー、ありがとう。

みんなに会えてよかった——。

「まさか……うそだろ?」

ワンダのふるえる声がする。あたしは立ち上がった。

「おい……こら塚本、どこ行くんだ!?」

ヤマサキが叫ぶ。もう、なんにも聞こえなかった。

行かないで——ビート!!

ビート!!


うそ。

うそうそうそ。ぜったい、信じない。

ビートが行っちゃうなんて。

あたしたちに会わずに、ひとりで遠くへ行っちゃうなんて。


ヤマサキが話してくれたこと。

伝説のデザイナー笹倉散華は、ずいぶんまえからビートの才能を見抜いていた。

彼女は、師匠＝ビートのおじいちゃんの、修業時代のよきライバルだったのだ。

だからいつも師匠から、ビートのことを聞かされていた。

そして、学校が廃校の危機に立たされたとき、巨額の寄付をして救ってくれたのも、彼女だったんだ。

一年生を終えたら、アントワープの学校にビートを留学させる、という約束で。

やだ。ぜったいに、やだ。

ビートがそんな遠くへ行っちゃうなんて。

だってあたし、まだ言ってないんだよ。

好きだって。

大好きだって。

世界じゅうの誰よりも。

あたしは駅に向かって走りながら、ビートに電話した。すぐにつながった。

『……メイちゃん？』

「ビート君いまどこっ!?」

あたしはすごい勢いで聞いた。電話の向こうで、ビートがちょっと引くのがわかる。

『いま、新宿駅だけど……もう電車がきて……』

心臓が止まりそうになった。ビートが空港行きの電車に乗っちゃうっ！

「だめ――――っ!!　ぜったいに乗っちゃダメっっ!!　もし乗ったら、地獄の果てまでついてくーっ!!!」

「へ？　じ、じご……く？」

うわっ、ドン引きされたあっ。あーもうこうなったらっ！

「とにかく一歩もそこ動かないでっ！　何番線!?　5番線だね!?　飛んでく。あたし、すぐに飛んでくからっ。待っててお願いっっ!!!」

あたしは叫んで電話を切った。

待って。待って待って待って待って待って、お願い。

行かないでビート君行かないで。

好き。

大好き。

死ぬほど好き。

そう言えなかったら、あたし一生後悔する。

だから言わせて。

最後にひとことだけ――

ＪＲ新宿駅のホーム。

あたしは全身で息をつきながら駆けこんだ。

倒れそうになりながらもビートを探す。

……いた。ああ、ビートが！

ホームの端に、ぽつんとたたずんでる。

待っててくれたんだ。

ビートはあたしをみつけると、すっ飛んできてくれた。

「メイちゃん!?」

あたしはよろよろになりながら、ビートに支えられてようやく言った。

「ビート君、あたし……あたし、どうしてもどうしても……言いたいことが、あって……」

そう言ってから、あたしは一生けんめい、呼吸を整えた。それから、ビートにまっすぐに向かい合った。ビートは、じっとあたしをみつめてる。メガネの奥の、キラキラの、やさしい、あったかい瞳で。

ビート君。あたし——

「好きだよ」

…………………………。

………………え？

「好きだ、メイちゃん」

あたしは耳を疑った。

う……そ。

あたし、夢みてるとか？

そうだこれは夢だ。なにもかも夢だったんだ。

ショーのことも、ビートが留学しちゃうことも、いまここでこうしてビートと会ってるのも、いま言われたことも……なにもかも。

「おれさ。ずっとずっと、きららのことが好きで。このさきもずっと、忘れられないと思ってた。だけど、いつごろからかな……メイちゃんのこと、すっげえ意識するようになってさ」

ビートは少し目をそらして、話を続けた。

「きららからメールがくるようになって。『メイちゃんのこと好きなら、正直に伝えたほうがいいよ』『メイちゃんのこと、もっと大事にしてあげて』って。そのたびにおれ、すっげえ怒ったんだけど。あいつ、なんとなく気づいてたんだと思う」

そんな。

そんな……きららちゃんが？

「あいつが逝っちゃって、おれ、ますますツッパっちゃってさ。ほんとはキミのことで、もうどうしようもないくらい、心の中がいっぱいになってたくせに」

『5番線に電車がまいります。白線の内側までお下がりください――』

ホームにアナウンスが響く。電車が轟音を響かせてすべりこむ。

あたしはその音に負けないくらい、大声で叫んだ。

「あたしも……あたしも、好き！　大好きだよっ!!」

ビートが顔を上げた。メガネの奥の目が、いっぱいにうるんでる。

あたしは涙でにじんで、やっぱりもうなんにも見えなくなってしまった。

「……メイちゃん」

泣きじゃくるあたしのほっぺに、そっとビートの指先がふれた。あたしはゆっくり顔を上げる。

ビートの顔が、すぐ近くにある。近づいてくる。

どんどん、どんどん、どんどん――

ビートのくちびるが、ふわっとあたしのおでこをかすめた。

次の瞬間、ビートの体は、ひらりと電車に飛び乗っていた。

『5番線甲府行き――まもなく発車します』

……え？

「ちょ……ちょっと待っていま……甲府行き……って？」

プシューーーッ。ドアが閉まった。

ビートはにこっと笑って、ドアの向こうでぐっと親指を突き出してみせた。そしてあっというまに『甲府行き』電車は、ビートを乗せて遠ざかった。

ホームじゃん!?

どっ……どーいうこと!?

あたしはそこで、ようやく気がついた。

5番線って、そう言えばいつも「ヨーダの裁縫道場」に行くとき乗ってる電車の

ピルル〜っ。ケータイが鳴った。ワンダからだ。

『もしもしメイちゃん? もしかしてビート追っかけていってたりする?』

いってたりもなにも。なにがどうしちゃったの!?

『あのあとヤマサキから説明あってさー。結局ビート、留学の話断ったんだってよ。

で、甲府のヨーダ裁縫道場に引っ越すんだって。新学期から、甲府からこっちに通

うらしい』

あたしは目が点になった。

師匠と一緒に新ブランドの服をしっかり作りたいから。それで、甲府から通学す

ることに決めたんだってよ――とワンダは説明した。

あたしは絶句した。

つまりビートは、留学しない。

つまりこれからも、毎日会える。

でもって、あたしとビートは――。


あたしは涙が止まらなくなった。

でもって、急に笑いが止まらなくなった。

ホームに立って、ケータイ握りしめたままで、あたしは泣いた。そして、笑った。

好き。

ほんとうに、たったひとことで、世界は変わってしまった。

『おーいもしもし、だいじょぶですかあ。メイちゃーん。こちらワンダ。応答せよーっ』

ねえ、聞こえる？　ワンダ。

ねえねえ、アンナ、ミキティ。
師匠、部長。ママ。ミナモさん。
ビート君。
あたしのハートのビートが、いま、ほらね。
やばいくらいに高まっちゃってるのが。

あとがき

女の子にとってすてきな男の子って、どんな感じだろう？　そんなささやかな問いかけにありました。
「ランウェイ☆ビート」を生み出すきっかけは、そんなささやかな問いかけにありました。

もちろん、背が高くてイケメンで頭がよくて……世の中のモテ系男子の定番要素はいくつかあります。でも、ちょっとあなた自身のことを考えてみてください。「超モテ系」の男子に恋してる女の子って、意外と多くないんじゃないかな。

すてきな男の子って、外見じゃないですよね。ちっこくても、ちょっとワルっぽくても、いっつも同じスニーカーをはいてても、輝く何かを持ってる。それは、女の子にも、大人にも子供にも、日本人でも外国人でも、共通していることです。その「輝く何か」が、「いのちあるもの」「ほんもの」ならば必ず備わっているはずの「ポテンシャル」なんじゃないかと私は思っています。

「自分にはポテンシャルがある」。ちょっとしたきっかけがあれば、誰でもそう気がつくことができる。それが自分を輝かせるための最初の一歩です。で、ここがポイント。まず自分で自分を信じなくちゃいけない。いくら他人に「キミには潜在能力がある」と言われても（いや、そんなふうに言われること自体かなり珍しいですが）、自分で自分を信じてあげられなくちゃ始まらないのです。

ビートは、誰かが「自分で自分を信じるためのアシスト」をする存在として、物語のなかに登場してもらいました。つまり、彼は「魔法使い」なんかじゃない。「魔法のアシスタント」、なんです。メイも、ワンダも、ミキも、ミナモも、誰もが彼にアシストしてもらって自分のポテンシャルを全開にする。そして全員が、今度はビートをアシストして、彼のポテンシャルを全開にする。そんなふうに、お互い助け合って高めあう恋と友情の物語を描きました。そして連載を通して私自身、ビートに、そして読者の皆さん方に力をもらって、ポテンシャルを高めることができたと感じています。

真夜中〇時になるのを待って、「ランウェイ☆ビート」のサイトにアクセスするドキドキ感。なにより楽しみだったのは、読者の皆さんが送ってくださる感想です。夢中になってビートたちを応援していること、初恋の思い出、ビートやワンダに励まされて片思いの彼に告白したこと、自分のポテンシャルを信じてみようと思ったこと。皆さんの感想に微笑んだり考えさせられたり、そしてときには涙を誘われたりしました。小さなケータイの液晶画面を通じて、日本じゅうでドキドキしている女子（少女も大人の女性も、ときには男子も）とつながりあっている不思議な一体感。この体験のすばらしさこそが、「ランウェイ☆ビート」を生み出した最大の原動力になりました。

この物語が、皆さんが自分のポテンシャルに気づくきっかけになったとしたら、ほんとうにうれしいです。そして、自分のまわりをもう一度、みつめなおすきっかけになったとしたらもっとうれしい。あなたのまわりにも、「魔法のアシスタント」がきっといるはずです。男の子かもしれないし、女の子かもしれない。家族かもしれないし、先生かもしれない。そしてきっと、あなた自身が、その人の「魔法のアシスタント」になれるはずなのです。

感謝をこめて

原田マハ

この作品は二〇〇七年九月〜十一月にケータイサイト「デコとも」で連載後、
二〇〇八年一月に小社より単行本として発行されたものです。
この作品はフィクションです。実在する人物、団体等とは一切関係ありません。

原田マハ（はらだ・まは）
作家、キュレーター。関西学院大学文学部、早稲田大学第二文学部卒。伊藤忠商事株式会社、森ビル森美術館設立準備室、ニューヨーク近代美術館（MoMA）勤務を経て、2002年独立。フリーランスのキュレーターとして、国内外の展覧会、シンポジウム、アートコーディネートを手がける。2003年より、カルチャーライターとして執筆活動開始。2006年『カフーを待ちわびて』で第1回日本ラブストーリー大賞を受賞し、2009年に映画化され話題となった。近著に『本日はお日柄もよく』（徳間書店）、『星がひとつほしいとの祈り』（実業之日本社）、『インディペンデンス・デイ』（PHP研究所）などがある。

宝島社
文庫

ランウェイ・ビート（らんうぇい・びーと）

2010年11月19日　第1刷発行
2011年 3 月25日　第3刷発行

著　者　原田マハ
発行人　蓮見清一
発行所　株式会社 宝島社
〒102-8388　東京都千代田区一番町25番地
電話：営業03（3234）4621／編集03（3239）0069
http://tkj.jp
振替：00170-1-170829（株）宝島社
印刷・製本　株式会社廣済堂

First published 2008 by Takarajimasha, Inc.
ISBN 978-4-7966-7834-6